Yves COURAUD

Une Ecriture Américaine

Roman

Une écriture américaine

© *Editions du Cavalier Vert, Paris- 1999*
ISBN : 2-908057-11-5
(Pour la première édition)

© *Books on Demand GmbH- 2012*
12/14 rond point des Champs Élysées, 75008 Paris,
France
ISBN : 9782810615193

Une écriture américaine

Pour Cécile,
Amoureusement

Pour Basile et Bertille,
Tendrement

Une écriture américaine

Du même auteur

Poèmes

Les Céciliennes (Les Presses du Lys-1976)

Memora (Les Presses du Lys-1977)

Les Chimères Intérieures (Les Presses du Lys-1979)

Cris d'Horizon (Les Presses du Lys-1979)

Etoiles et Tripôt (La Presse à Epreuves-1982)

Divergences (La Lune Bleue, éditeurs-1986)

Textes Poétiques 1974-2002 (Le Manuscrit.-2002)

Mush, (D'Ici & d'Ailleurs-2009)

Nouvelles

Huit Nouvelles d'Ailleurs (Le Manuscrit-2001)

Historiettes, récits (B.O.D-2009)

Echafaudages, nouvelles (B.O.D 2010)

Romans

Demain Paradis (Editions du Cavalier Vert-1997)

Une Ecriture Américaine (Editions du Cavalier Vert-1999)

Cinq Siècles (Editions du Cavalier Vert-2001)

Le Guerrier Souriant (Editions du Cavalier Vert-2004)

Une écriture américaine

Avertissement

Le roman « Une Ecriture Américaine » paru initialement aux Editions du Cavalier Vert, à Paris, en 1999, est aujourd'hui réédité aux Editions Books on Demand, 12/14 Rond Point des Champs Élysées, 75008 Paris.

Une écriture américaine

Chapitre I

La queue de la vache lui chatouillait les narines à l'en faire éternuer. D'un vaste revers de main, il essuya les gouttes brunes et odorantes qu'elle avait déposées sur sa joue.
- *Carne de bête, fille de truie!*
Une grande claque sonore ponctua le juron sur le cul de la vache. Philomène Fourassié, le Philo, comme on l'appelait dans le canton, était l'un des rares à traire encore à la main. Ce qui lui valait de temps à autre quelques joyeusetés bouseuses. Son grand-père l'avait initié très tôt à l'art du pis, et il en était fier. "Tout il est dans le pincement, min tio", la devise sacrée que Philo respectait à la lettre. Il se releva du tabouret à trois pied et l'accrochant avec la pointe de sa botte "Le Chameau ", il l'envoya délicatement se caler tête en bas sur la paille de l'étable. Il sortit, déhanché par le poids du seau de lait qui brimbelotait, une écume blanche et crémeuse tapissant les pourtours du zinc. A peine cinq heures, et déjà l'ombre grise du soir s'acoquinait à la terre. Il aperçut la vieille Marie qui descendait de chez le curé, une sacrée méchante celle-là, et pas du tout

sainte. On racontait dans le village que sa fortune lui était descendue du ciel, en quarante-quatre, sous la forme de containers pleins de billets tout neuf. Elle les avait trouvés plus vite que les gars du réseau, des durs qui donnaient du fil à retordre aux allemands. Mais comme disait Philo, "tout çà c'est du bla-bla de jaloux, y que not' père qui êtes aux cieux qui pourrait vraiment dire." Il ajoutait quand même, l'œil frétillant, " mais y dira rien, vu qu'elle en donne au curé..." Philomène gagna l'arrière cuisine, toute pavée de briques rouges, et posa son seau au même endroit que d'habitude; c'était facile d'ailleurs; un cercle jaunâtre et épais, incrusté et solide, délimitait la place depuis tout le temps. Il avait vu sa grand-mère, sa mère, bref tout le monde, le poser là. Pourquoi changer quand c'est pratique ? Une file de gamelles en ferraille grise attendait qu'on les remplisse, cabochon ouvert. A grande louchée, le Philo les goinfra de lait cru, puis il les reboucha. Les habitués viendrait les chercher à six heures à l'horloge et déposerait la monnaie sur l'évier de pierre bleue, comme toujours. Il ôta son bourgeron de toile marine et l'accrocha au clou, le clou du grand-père, un bon clou de dix-huit, planté là un jour d'orage, une

cinquantaine d'années auparavant. Le Philo lui caressa la tête, ça portait bonheur et ça vous vidait des mauvaises choses pour rentrer dans la maison. Une fois dedans, il alla chercher le litre d'eau de vie de cidre qui trônait sur le buffet bas, et sortit du même meuble une grosse chemise de cuir. Il s'assit à sa table, se servit un verre, un bon verre, un de ceux qui ne casse pas même s'il tombe sur le pavé rouge, et ouvrit la chemise. Un cahier d'écolier jaune apparut, un cent pages, la couverture râpée et défraîchie. En grosses lettres, on pouvait lire " ROMAN" écrites à l'encre noire.
Philomène Fourassié, le Philo, comme on disait dans le canton, se mit à écrire, alignant les mots d'une écriture fine et régulière. Il était herbager en Thiérache, et il en était fier. Il était aussi, ça c'était un secret, écrivain. La Thiérache, son pays, c'était comme l'humeur de ses vaches, il la reniflait à vingt pas. Il savait deviner l'arrivée de la pluie, reconnaître avant tous quand il est temps d'écraser les pommes pour le cidre ou pailler le potager, avant l'hiver. Il savait ses soupirs, ses vibrations. C'est qu'elle avait de l'âge, sa Thiérache, garnie d'argile à l'intérieur, veloutée d'herbes sur tout le dehors; les savants géographes, ceux qui grimacent en

marchant dans la bouse, la situaient au nord-est de l'Aisne; les benêts. La Thiérache, pensait Philo, c'est au centre du monde. Les routes étroites et grises taillaient entre les pâtures un chemin vers les nuages, souvent bas, mais la couleur de ces nuages là n'appartenait qu'à ici, entre Fontenelle et Le Nouvion, le chef lieu. Pour encadrer les prés et les chemins, une forêt; pas n'importe quelle forêt. Sillonnée de layons centenaires à l'humus gras, truffée de mille sources dont certaines, magiques, avaient vu se tremper dans leurs eaux les druides et quelques fées. Un poumon, un vrai qui souffle, voilà ce qu'était sa Thiérache. Et pleine d'odeurs avec çà, celle de la pourriture délicieuse de l'automne qui vous fait retrousser la narine, la fraîche du printemps où se mêlent la senteur des jonquilles et du muguet bleue, la lourde de l'hiver, quand tout glace et que surnage le chaud arôme des sangliers et des chevreuils; l'été, suivant qu'il soit sec ou pluvieux, on pouvait différencier les fragrances capiteuses de la terre mouillée et fumante ou le picotement sec des herbes brûlées. Une symphonie de tous les temps, un grand tableau barbouillé de fumets forts et subtils. Si le nez jouissait, que dire de l'œil, rempli à satiété des nuances innombrables du vert; et le vert, assurait Philo, c'est fait pour se boire, à la langue et à l'œil. Comme on le voit, notre homme aimait son pays, collé à l'argile comme un veau à sa mère, vrillé profond au sol, droit et dur, piquet de chêne d'un treillage de pâture. A quarante deux ans, il arpentait le bocage de son pas long et régulier, le bâton à la main, un court bâton à vaches, noueux et solide; il marchait pour le travail, il marchait pour le plaisir, connaissant les sentes et les chemins, leurs détours et leurs secrets.

***

Le matin du même jour l'avait vu tourner autour de la mare d'une ancienne abbaye, à l'entrée de Fontenelle; il s'était longtemps attardé à admirer les carpes qui vieillissaient tranquille à l'ombre de la chapelle de Saint-Usmer, un bon bougre de saint qui vous remettait les os des pieds en place, si par malheur on naissait pied-bot; des dizaines de chaussons de laine ou de coton pendaient à côté de la statue du saint, en signe de reconnaissance. Les gens du coin, pas très bigots pourtant, remerciaient ainsi les miracles de l'eau. Depuis des lustres, on pélerinait en douce pour s'assurer les bonnes grâces d'Usmer, et lui, pas chien pour un sou, accordait ses largesses sans trop regarder aux prières. Somme toute, on pouvait se dire que le bon vieux saint, Thièrachien sans doute, croyait lui aussi beaucoup plus à la force de l'eau qu'au bon dieu des curés...

Philomène laissa ses carpes et descendit vers le village pour étancher une soif sournoise qui venait de le prendre. Laissant l'église blanche à sa gauche, il se dirigea vers l'estaminet en face de l'école. Un grand escogriffe l'accueillit en riant, découvrant des chicots jaunis par la chique.

- *Vla le Philo, comment t'es qui va ?*
- *Çà va, mais j'ai la soif; sers m'en un petit, sinon je vais me dessécher sur place.*

Les deux hommes burent le cidre frais, l'hôte des lieux buvant avec chacun de ses clients, trouvant sans doute indispensable de partager de bon cœur tous ces moments liquides. La pétillance dorée du cidre animait les yeux les hommes d'une joie bienfaisante. Rien n'était plus à dire. Le Philo paya et sortit. Une heure plus tard, rentré au village, il commença son ouvrage quotidien à la ferme.

***

Quand la moelle de la terre jutaient ses sucs intimes en éclatant au sol à force de grandes pelletées, l'homme sentait un trouble puissant l'envahir, son sang lui battait les tempes à grands coups saccadés et rapides; sa main tournait autour du manche de hêtre de la pelle et serrait fort pour remonter le mélange jaunâtre de bouse, de paille et de purin; la moelle de la terre. Philo pensait souvent à la richesse contenue dans ce fumier; la vache digérait l'herbe et la rejetait, plouf, gros tas de bouse molle, et la merde mêlée au squelette des blés nourrirait la terre qui nourrirait la bête qui nourrirait l'homme. La sueur qui lui coulait le long du creux du dos lui rappela d'autres émois, lointains mais vivaces. Cette sueur là ressemblait au goût et à l'odeur des suées de l'amour, quand les corps repus laissent aller leurs sanglots de bien-être. Souvent, il songeait, une brûlure aux reins, à la peau blanche et si douce de son aimée, comme il disait. Son aimée qu'il voyait une fois de temps en temps; elle arrivait à l'improviste et repartait sans dire même au-revoir. Mais le Philo l'aimait comme çà; elle était trop belle pour être enchaînée à sa terre, elle s'ennuierait ici, entre les foins et les pommiers. Leur histoire courait ainsi, le long de leur vie, depuis presque vingt ans. Lisia, c'était son nom, entra un jour dans l'étable du Philo pour acheter du lait; elle en ressortit de l'amour plein la tête. Cette année là, la jeune femme était venue passer ses vacances chez une vieille tante qui habitait un hameau d'à côté, La Marlemperche. Ses yeux clairs et son air effronté lui avait valu les jalousies des filles d'alentours et l'intérêt des mâles du coin, tendus qu'ils étaient comme les épis de blé et chauds comme le soleil d'août... Tous l'auraient bien croquée, crue et nue, mais la belle savait vite trancher les désirs vibrants d'un regard tueur qui vous glaçait sur place. Or un jour, peu de temps après la fête du village, on était à mi-août, elle arriva un soir sur une vieille bicyclette, la gamelle au guidon. Laissant sa machine contre le mur de briques qui entourait la ferme, elle se dirigea vers l'étable d'où lui parvenait le bruit sifflant du lait tiède qui giclait dans le seau. Philo trayait, la paume de sa main se refermait avec régularité et fermeté sur le pis, dans un mouvement souple qui extirpait un filet blanc et crémeux. Son geste était précis, chaque fois identique au précédent, s'alliant au rythme doux de la rotation du tronc. Assis sur son tabouret, les pieds écartés comme plantés en

terre, il ressemblait à une statue vivante, uniquement occupée à bien faire ce qu'il faisait. Lisia se racla la gorge, ce qui fit sursauter Philo qui se retourna, l'air surpris.
- *C'est pour du lait...*
- *Un peu tôt, mademoiselle, mais j'ai presque fini, vous pouvez vous asseoir là et attendre, si vous voulez.*
- *Merci.*
Et Lisia s'assit sur le ballot de paille tout frais que lui avait désigné Philo. Lui recommença à traire, il sentait la présence parfumée de la jeune fille derrière et ça le rendait un peu nerveux; allez savoir pourquoi. La vache aussi devint nerveuse, le Philo pinçait un peu fort et elle lui fit savoir en gigotant sèchement de l'encolure.
- *Oh là, tout doux, la belle.*
La voix de l'homme apaisa l'animal qui se calma dans un long frémissement courant sous son cuir. Philo termina sa traite et se releva, tenant le seau d'une main, il sourit à Lisia. Brutalement la profondeur verte de son regard lui creusa un sillon d'amour au fond du ventre. Il gémit au dedans, blessé de bonheur... Lisia s'avança, elle percevait presque sur sa peau l'émotion du garçon, elle savait que cet homme là venait de l'aimer, d'un bloc, et que c'était

pour longtemps. D'un doigt elle toucha le front de Philo, toujours debout le seau à la main, elle descendit sur l'arête du nez et contourna la bouche pour enfin se poser sur les lèvres, lui soufflant silencieusement de se taire, surtout ne pas briser l'instant par des mots inutiles. De longues secondes plus tard, elle se reprit, souriante:
- *Puis-je avoir mon lait ?*
Philo sembla s'ébrouer et s'en fut vers l'évier de pierre pour remplir la gamelle, comme un automate.
- *Je vous dois combien ?*
- *Rien, votre tante me paie au mois...*
- *Au revoir , à demain.*
- *Au revoir, mademoiselle Lisia.*
Il la regarda s'éloigner, elle flottait sur la route, il l'aurait juré.

***

La vieille pendule venait d'égrener ses dix coups quand Philo posa sa plume. La fatigue du jour l'appelait au sommeil et avec regret, il referma le cahier jaune. Depuis qu'il écrivait son roman, il se sentait différent; le regard qu'il jetait sur le monde et sur sa vie accentuait des détails familiers auxquels il n'avait jamais vraiment prêté attention, comme l'odeur de la cuisine, un mélange de cire et de pommes mûres, le couinement de la porte du buffet ou le ronflement du bois dans la cuisinière. Son monde, il s'en rendait compte avec une sorte d'émerveillement, avait une carcasse, solide et immuable; çà lui donnait le sentiment d'exister au milieu de choses importantes et d'être lui aussi important. Au début, dans le silence de son écriture, il n'écoutait que les mots qui venaient, gerbe profonde et jaillissante, puis petit à petit, la pièce avait semblé vivre aussi, à côté de lui, autour de lui, elle vibrait avec tendresse, attentionnée à ne pas le déranger; à ce moment là, il sentait l'accord intime qui le liait aux murs et aux meubles, une force paisible guidait le vieux stylo-plume sur les lignes bleues de la page. Philo racontait une histoire, pour le plaisir de raconter, l'histoire sombre d'un détective miteux, un privé perdu dans la banlieue d'une ville américaine. En écrivant, il pouvait presque sentir les gouttes de pluie floquer sur le feutre du chapeau, entendre la sirène d'une voiture de police hurler plus loin, il pouvait croire un instant qu'il était ce privé paumé, en planque un soir d'hiver. Son héros, la barbe dure et les yeux mi-clos, tirait sans trêve sur sa craven, de temps en temps, il ajustait le col de son imperméable, serrant très fort pour trouver un peu de chaleur; vers minuit, il abandonnait sa planque, les deux amants qu'il suivait devant maintenant dormir au chaud l'un contre l'autre. Alors il passait au bar de la troisième rue, tenu par un vétéran de Corée, médaillé deux fois et amputé d'un bras; ils buvaient tous les deux, attendant l'un et l'autre qu'un nouveau jour se lève, qui les rapprocherait un peu plus du dernier... Philo s'était souvent demandé ce qui le poussait à écrire la vie d'un type comme B.B. Barton, son privé. Tant de tristesse, un désespoir collant comme du mauvais chewing-gum et la certitude d'être scotché à la vie malgré soi, punaisé sur le macadam des rues luisantes, l'impossibilité de décoller, de flirter avec les pointes des grattes ciel histoire de regarder une fois en face la lumière du jour qui filtre, rose et déjà malade des fumées de la ville. Tous les matins, lui Philo, s'avalait de grandes goulées d'azur, il riait, presque saoul de la force du jour, et il pissait dans l'herbe, avec ravissement, premier pacte avec la terre. Lui , Philo, il montait dans sa tête plus haut que les peupliers qui jouxtaient la rivière, à cent mètres derrière l'étable. Il jouait avec les dernières ramures bleutées, dénichant une pie

grièche d'un souffle plein de rire et d'énergie. Un jour viendrait où son B.B. Barton prendrait l'avion, dernier envol pour l'impossible, il arriverait par la route de La Capelle, à pied, la craven aux lèvres; il frapperait la porte de la maison de deux coups de poings fermés, et puis il entrerait, " salut, Philo, j'arrive, tu m'en as tant fait bavé qu'aujourd'hui je me pose, ici chez toi, sers moi un café, et ferme cette saleté de cahier, c'est fini pour moi, je me pose " et là Philo pourrait marquer " fin " sur la dernière ligne de son cent pages... La vieille chatte grise endormie sur ses genoux s'étira d'un coup, trouvant pratique de planter ses griffes dans la cuisse du maître; Philo sauta de sa chaise en jurant sur l'animal qui se frottait déjà sur ses jambes; d'un coup de patte, B.B. Barton s'était enfui, disparu dans les dédales de sa mémoire, chassé vers le néant par un vieux chat sans manières. Tout en se massant la cuisse, Philo versa du lait dans l'écuelle de l'animal qui ronronna de plaisir, pas fâché de l'aubaine.
- *Allez bonne nuit, minette, sans rancune.*
La chatte répondit par un miaulement rauque et prolongé, puis alla se caler sur son coussin, près de la cheminée. Philo bailla, prêt lui aussi à dormir, mais il sortit, attiré par la lueur

diffuse de la lune. Des nuages noirâtres la cachaient à moitié, tranche de lune bleu marine, il pleuvrait le lendemain.

***

La pluie. Elle frappe en cadence l'ardoise grise du toit, se faufile entre les mousses pour couler dru dans la gouttière de zinc. Elle abreuve au passage un nid d'hirondelles prêtes au grand départ de l'automne. Le crépitement régulier sur les vitres a déjà réveillé Philo qui s'englue un instant encore dans le lin des draps chauds. Il se lève, une envie de café dans la tête, et colle le nez au carreau froid; dehors le vent s'est mêlé à l'eau, tordant la cime des arbres au rythme de son souffle...les premières feuilles jaunies s'envolent vers leur hiver, morceaux d'un temps solaire s'accouplant à la boue.

***

Le café brûlant dessine en le fondant de larges arabesques sur le beurre baratté de la tartine. Philo, pensif, admire la glissade dorée qui se termine dans le bol, formant à la surface des yeux ronds et brillants. Son déjeuner du matin, c'est bien le moment qu'il préfère dans la journée, il semble prédire de quoi sera fait le jour qui monte, en bien ou en mal, sorte

d'instant divinatoire et gratuit. Et justement ce matin là, Philo surpris par la chaleur du café, se brûla fort la langue, à la première gorgée.
-*Charogne d'enfer !* gueula-t-il en crachant chaud sur la toile cirée, ça commence bien !
La chatte, méfiante de la colère de l'homme, s'esquiva discrètement derrière la cuisinière, les oreilles baissées, froissée de tant d'agitation à cette heure d'habitude si paisible. Philo se leva, l'air renfrogné, et sortit, l'heure de la traite ayant sonné. Même les vaches semblaient de mauvaise humeur, elles bougeaient sans arrêt, obligeant le Philo à rouspéter sans cesse. Enfin, au bout d'une bonne heure, les seaux furent pleins, prêts à être vidés dans les bidons d'aluminium que le camion laitier ramasserait bientôt. La journée commençait, mais Philo maugréa. Il n'aimait pas cette journée.

***

C'est en sortant de l'étable que son pied glissa sur la terre grasse et lisse, et le geste qu'il fit pour se retenir au montant de la porte lui vrilla le dos à hurler. Il hurla, un long cri de bête blessée mêlé de jurons à l'adresse de cette putain de terre, de cette garce de pluie et de ce foutu bon dieu dont on se demandait ce qu'il

faisait à cette heure. Allongé dans la boue, le Philo chercha un point d'appui pour se relever mais une pointe brûlante aux reins le cloua au sol avec une grimace; chaque tentative de mouvement lui enfonçait comme un fer rouge encore plus profond dans les os. Il resta bien une demi heure incapable de bouger, transi par la pluie et chauffé à vif à l'intérieur. Ce fut le facteur qui le trouva, épuisé et livide.
- *Ben mon philo, qu'est-ce qui t'arrive ?*
- *La douleur, facteur, la douleur; je suis bloqué, cré nom de nom !!!*
- *Je vais appeler le docteur Beaujean, t'inquiète pas.*
- *Non, non; va plutôt me chercher le père Mouchu, y saura me remettre!! les docteurs, faut se méfier, y vous mette plus mal que mal avec leurs cochonneries de pilules.*
- *Bon, j'y vais, bouge pas !*
- *Grand couillon, comme si je pouvais bouger, allez vas-y vite !!*
La vieille 4L s'arrêta en couinant dans la cour et le père Mouchu en descendit, tranquillement. Sa face rougeaude et ronde lui donnait l'air d'un père Noël qui aurait abusé du bon vin un soir de réveillon, mais tout le monde savait que lui, Père Mouchu, faisait réveillon trois fois par semaine. A part çà, ce

furent cent vingt kilos de douceur qui se penchèrent sur le Philo;
- *Alors mon Philo, dis moi donc d'où que t'as mal.*
- *Là aux reins, c'est comme si on me pressait et qu'on me fouillait les nerfs avec un fer à bêtes.*
Le vieux se massa le menton en grommelant.
- *Bouge voir un pied qu'on regarde.*
Philo fit frémir ses orteils au fond du soulier et réussit même à pivoter légèrement la cheville.
- *Çà va mon Philo, c'est guère grave ! Je m'en va te remettre tout çà en place, crains donc rien.*
- *Je ne crains pas, père Mouchu, faites le vite!*
Mouchu s'accroupit avec peine, le sang lui violaça le visage; dans ses yeux passèrent comme les voiles d'une brume matinale, tôt l'été, qui s'estompe pour laisser place à la lumière du soleil. Il puisait dans la force de sa douceur, ramenant dans ses mains posées sur la peau du Philo comme une chaleur bienfaisante; l'autre se sentit envahir par un flux puissant qui tordit sèchement sa douleur. Il laissa échapper un murmure de bien-être, tout empli d'une fraîcheur nouvelle et apaisante. Le père Mouchu se releva lourdement, séchant du plat de la main la fine

pellicule de sueur qui s'accrochait à ses sourcils.
- *Lève toi voir, mon Philo !*
Avec crainte, le paysan s'essaya à remuer les jambes, tout étonné de sa facilité à bouger, il s'assit, se massant le bas du dos à deux mains, tâtant là où le mal le tenait. Il se leva, l'échine souple et marcha vers la porte toute proche; il n'arrivait à rien dire, et entra dans l'arrière cuisine, suivi par Mouchu.
- *Plus mal ?* dit celui-ci.
- *Non, plus rien; Père Mouchu, comment vous faites çà ?*
- *C'est pas moi, mon gars, tout est là, autour, suffit d'aller chercher.*
Puis le vieux se lava les mains, sur l'évier de pierre bleue, longuement, les secouant avec vigueur comme pour se débarrasser de quelque chose.
- *Qu'est-ce que vous faites, le père ?*
- *Faut pas garder les mauvaises choses, faut les rendre à l'eau, les noyer, c'est tout simple mon gars, faut nettoyer.*
Philo plaça la bouteille d'eau de vie de cidre entre eux deux sur la table et ils burent doucement, portés par la chaleur de l'alcool et l'odeur de la pomme. Mouchu refusait qu'on le paye, le bien, disait-il, devait être gratuit. Mais

il ne refusait jamais le partage d'un verre ou d'un repas. A près de soixante quinze ans, il pensait avoir remis sur pied plus de quatre générations des gens du canton et même de plus loin d'ailleurs, au grand dam du docteur Beaujean, à qui cette concurrence directe et qu'il pensait déloyale faisait tort. Mais les gens du canton, plein de bon sens, trouvaient dans les deux hommes de l'art des solutions à leurs maux quotidiens; si l'un soignait, l'autre guérissait, et personne n'aurait songé à médire de l'un ou l'autre.
- *Bon, faut que j'y aille,* dit Mouchu, *l'Agathe m'attend avec un civet de garenne que j'en ai la langue qui papillonne toute son eau. A bientôt mon gars, et fais donc attention où tu mets les pieds.*
- *A dé, père Mouchu, et merci bien pour tout!*
La vieille Renault grinça en tournant dans la cour et partit doucement sur la route grise. Décidément, pensa Philo, mauvaise journée.

Une écriture américaine

Chapitre II

Le curé la trouva morte, raidie et froide, gisant dans la grande salle à manger de la demeure hautaine qu'elle habitait au bout du village. La Marie avait un air étonné et un filet de sang qui croûtait noirâtre sous sa lèvre inférieure. Après l'avoir absous de tous ses péchés, réels ou supposés, on n'est jamais trop prudent, le ministre du culte téléphona à la gendarmerie du chef-lieu pour informer du drame.

- Ne touchez à rien, monsieur le curé, nous arrivons, pour l'enquête. Avec tout ce qui se passe aujourd'hui, on ne sait jamais, les rôdeurs, les voleurs, ils peuvent tuer pour quelques sous.

L'adjudant chef, au téléphone, gloussait presque de plaisir; un crime peut-être, ce serait magnifique, il ne se passait jamais rien dans le canton; avec un peu de chance, le correspondant du journal local ferait un article, et forcément on parlerait de lui, de son enquête menée de main de maître et des conclusions qui le feraient arrêter un malfrat, un étranger sûrement, avec courage et célérité... Il claqua le combiné et rassembla ses hommes pour leur tenir un "briefing" comme il disait:

- Bon, un meurtre a eu lieu, c'est pas sûr, mais c'est probable, soyez vigilants, notez tous les indices, recueillez tous les témoignages. Je veux le criminel avant demain soir. Et méfiez vous, cet individu est dangereux, il a assassiné une pauvre vieille sans défense.

Les hommes de la brigade se répartirent dans l'estafette bleue et le break Peugeot, l'air sombre et déterminé. Gyrophare en tête, ils foncèrent à toute allure sur les lieux du crime. Tout en regardant défiler le paysage gavé d'eau, le chef traçait silencieusement les grands axes de son enquête. Pour lui, le coupable ne devait pas encore être loin, c'était d'ailleurs sûrement un homme du village. Il fallait savoir que la Marie avait chez elle un gros magot, on parlait même d'une véritable fortune, et pas d'héritier, la Marie ayant toujours refusé de se marier, des mauvaises langues jurant même qu'elle était vierge. Pauvre femme, songea l'adjudant-chef, mourir comme ça, c'était pas drôle.

Le docteur Beaujean sortait de la demeure quand les gendarmes se garèrent face à la grille de fer forgé, haute et noire, aussi pointue, rigolait-on, que les fesses de la propriétaire. Il s'attarda un instant sur le seuil puis s'approcha du chef:

- Je n'ai pu que constater le décès. Rupture des vertèbres cervicales avec un gros choc sur l'arrière du crâne.
- Alors docteur, on a dû la frapper avec un objet contondant, et lui briser le cou à la pauvre vieille.
-Je n'ai pas dit çà, chef. Elle a pu tomber, il y avait une chaise pas loin d'elle. Cela dit, je ne vois pas ce qu'une personne de son âge pouvait faire à grimper sur une chaise.
- C'est un meurtre, je vous dis, docteur. Un malfrat, quelqu'un d'ici, j'en suis sûr, a voulu lui voler son argent. Il paraît qu'elle en gardait un joli petit paquet chez elle... Çà peut attiser des convoitises... et avec tout ce qu'on voit aujourd'hui...
- Non, non, chef, il faut se garder d'aller trop vite; à part les chocs à la tête, elle n'a aucune trace de coups; rien ne semble avoir été dérangé...
- Et si l'homme connaissait bien la maison ? vous ne croyez pas ?
- Mais la Marie ne fréquentait personne, à part le curé.
- Et vous docteur, vous deviez bien la soigner de temps en temps?
- Vous plaisantez ? Elle était si radine que çà l'aurait rendu encore plus malade de me payer

pour des soins. Elle s'adressait à Mouchu, le rebouteux; lui ne prend pas d'argent; remarquez, je doute fort qu'il soigne, mais bon, si les gens y croient...

- *Mouchu, tiens, tiens. Je me demande bien comment il fait pour vivre celui-là, à ne pas se faire payer.*

- *Il a des poules, des lapins, un jardin. Et puis une petite retraite, pas très grosse, du temps où il travaillait à la verrerie, au Nouvion.*

- *N'empêche, je crois bien que je vais l'interroger, ce citoyen là. Allez, au revoir docteur, je vais faire le tour de la maison, des indices peuvent traîner.*

-Au revoir, chef, et bonne chasse.

Chaque pièce de la maison fut soigneusement passée au peigne fin, rien, pas de traces du passage de quelqu'un ou de recherches qu'on aurait pu faire. Le chef soupira; et si vraiment, elle était morte comme çà, bêtement, en tombant d'une chaise. Non, ce n'était pas possible, il y avait sûrement autre chose, son instinct, son flair de gendarme lui soufflait que ce n'était pas si simple. Il allait sortir quand son regard se posa sur un verre, un petit verre à goutte, comme on disait par ici, qui traînait sur la table en chêne de la cuisine. Le gendarme s'approcha et se pencha, reniflant

une vague odeur d'alcool. La Marie ne buvait pas, sèche et pieuse comme elle était, c'était impossible. Quelqu'un était donc venu et elle lui avait servi à boire, un verre d'eau de vie, elle avait servi à boire à son assassin, innocemment; il frémit, les larmes aux yeux.
- *Je l'aurai, je jure que je l'aurai.*
Le chef avait murmuré ces mots avec la froide colère du justicier, la certitude de celui qui part en guerre pour la bonne cause, le bras armé de la justice qui fera rendre gorge aux truands de tout poil. Il glissa délicatement le verre dans un sac plastique et chargea un gendarme de le faire porter au plus vite au laboratoire, pour relever et analyser les empreintes. Il tiendrait bientôt son coupable.

***

Dix heures sonnaient à l'église. Dans la tiédeur de sa cuisine, Mouchu préparait un baume à base de graisse à traire et de châtaignes écrasées. Il se le destinait, de vieilles douleurs aux poignets lui rappelant que soixante quinze ans, çà n'est plus tout à fait l'adolescence, même si on n'est pas vieux à cet âge là. Pendant qu'il triturait sa mixture dans son pilon en bois, Agathe, sa femme, sa compagne plutôt-le mariage n'étant fait que pour les culs blancs, pas pour ceux qui s'aiment, et ils s'aimaient depuis cinquante années remplies de voluptés charnelles et de complicité douce- Agathe, donc, surveillait la cuisson d'un lapin trop aventureux, égaré dans un collet de cuivre que Mouchu, braconnier émérite, disposait un peu partout dans les bois d'alentour. Il détestait la chasse en général, et les chasseurs en particulier, les trouvant plus bêtes que leurs fusils, mais taquiner la bête sur son terrain, prévoir son passage et jouer de ruse avec elle, il trouvait çà normal, naturel. Et le goût d'un garenne valait bien qu'il mourût, en toute mauvaise foi...il mourait d'ailleurs, étranglé violemment par le filin doré du piège. Le parfum des oignons grésillant dans la fonte lui arracha un soupir de langueur: encore deux heures à attendre ce moment précis où la mie du pain tremperait la sauce à s'en éclater, l'instant alchimique d'avant le goûter... son soupir fit sourire Agathe, elle le connaissait bien ce soupir là, heureuse de la joie gourmande de son homme. Le bruit du moteur de l'estafette qui s'arrêtait devant la maison la fit sursauter; Mouchu s'était déjà levé et avait ouvert la porte, l'air surpris de voir des gendarmes venir chez lui. Ils n'étaient pas pires

que les curés, non, mais guère mieux.
- *Monsieur Mouchu, bonjour. J'ai deux ou trois questions à vous poser.*
- *Des questions? Rentre donc.*
Le chef était ulcéré. Mouchu le tutoyait, comme tout le monde d'ailleurs, pensant avec juste raison que tous les hommes sont frères, égaux en droit et que le vouvoiement créait des différences, les uns devenant plus égaux que les autres.
- *Je voudrais savoir si vous avez vu La Marie, récemment?*
- *Ben tiens, oui. J'y ai porté hier soir une tisane, de la vigne rouge et du fumeterre, pour ses varices qu'elle a bleues et grosses comme mon pouce. Mais pourquoi que tu me demandes çà?*
- *Elle est morte la Marie, assassiné sans doute. On enquête.*
- *Et tu me demandes à moi, si je l'ai vue? Tu voudrais pas insinuer que j'aurai pu la trucider, c'te vieille carne?*
- *Monsieur Mouchu, un peu de respect pour la morte, je vous en prie. A quelle heure êtes-vous aller la voir?*
- *Dans les huit heures; à peu près. On avait fini la soupe, et je lui avais promis depuis trois jours.*

- Vous n'avez pas croiser quelqu'un d'autre sur la route, en y allant ou en revenant?
-Non. J'y ai posé son paquet, elle m'a offert un coup à boire et je suis rentré.
- Bien, je vous remercie, Monsieur Mouchu.
Le chef laissa Mouchu sur ces paroles et regagna l'estafette à grandes enjambées nerveuses.
-Mauvais, mauvais, çà... murmura le rebouteux, l'air pensif, presque grave.

***

Les gendarmes revinrent très vite, le chef en tête, accompagné d'un inspecteur de la brigade criminelle de Laon. Il tendit à Mouchu le mandat de perquisition obtenu sur sa demande. Son instinct lui dictait de revenir et de fouiller l'antre du vieux sorcier, qu'il trouverait de quoi le confondre; il était sûr de tenir son assassin. Il lui fallait des preuves, il allait les trouver. Poussant des jurons énormes à l'adresse de ces malfrats qui violaient sa maison et sa tranquillité, Mouchu s'interposa quand le chef ouvrit la petite porte qui donnait sur la cave.
- Eh bien, Mouchu, vous avez quelque chose à nous cacher! On va voir ce que c'est!
-Ici c'est ma cave, c'est ma propriété, l'endroit

où je travaille, on n'y rentre pas comme çà, cré nom!
-Avec çà, je rentre où je veux, Mouchu, ce mandat me le permet, poussez-vous où je vous fais arrêter pour entrave à la force publique.
Déjà, l'inspecteur et deux gendarmes encadraient Mouchu qui soufflait sa colère comme un sanglier débaugé.
- Çà va, chef, tu visites et tu ressors; y a rien à voir et à comprendre pour un gars de ta sorte; ce que tu vas voir te dépasse, c'est trop beau pour toi...
-Ah, çà suffit Mouchu, écartez- vous de là, au nom de la loi!
Bizarrement voûté, le vieux s'effaça pour laisser pénétrer *"la loi"* dans sa cave. Vingt et une marches de pierre plus bas, le chef et l'inspecteur, sidérés par ce qu'ils voyaient, restèrent pétrifiés quelques instants.
- Mouchu, descendez! je veux des explications.
Suivi d'Agathe, il s'exécuta.
-Alors, Mouchu, vous pouvez me dire à quoi vous jouez ici?
Silence. Les regards englobaient une vaste table de chêne noircie par le temps et la fumée que dégageait une sorte de four ouvert dans lequel un épais liquide gris frémissait. Des livres ouverts s'appuyaient sur des cornues, des

pots remplis de poudres diverses et surtout, trônant en plein centre, un crâne à l'os jauni et lisse.
- *Mouchu, que fabriquez-vous ici? A quoi sert tout cet attirail?*
- *Attirail mon cul, chef. Les crétins de ton espèce n'ont pas à voir çà, je te l'avais dit, cré nom!*
- *Des injures, maintenant! je vais t'embarquer, on verra si tu seras aussi fier en prison!*
- *Tu me tutoies à cette heure...*
- *Les coupables, je les tutoie, et tu sembles bien parti pour m'en faire un beau!*
- *Coupable de quoi? Ta loi n'interdit à personne la recherche du Grand Œuvre! Ce que tu vois, gendarme, c'est la dernière phase de la transmutation des métaux, mais avec tes pensées impures, tu vas me casser la grande transformation, tu pollues mon Alchimie...*
Le chef éclata d'un rire sournois.
-*Ah, le vieux Mouchu cherche à faire de l'or, et y arrives-tu au moins? Vu ta maison, çà m'étonnerait!*
L'inspecteur qui suivait rigolait de bon cœur, vraiment chez ces péquenots, on en voyait de drôle! Il s'approcha d'un grand miroir suspendu au mur de la cave, un de ces miroirs des familles qui ont vu défiler des générations

de visages anxieux ou heureux, sereins ou malades. La glace réfléchissait une lumière étrange, mouvante; ce qui le sidéra d'un coup, c'est qu'elle ne renvoyait pas son image à lui. Il tendit la main, frôlant la surface argentée sans trop comprendre. Un souffle léger balayait le verre, un vent venu de loin qui glissait sur ses doigts ... il se sentit aspiré par une force qui le dépassait, projeté dans la glace, de l'autre côté....

A ce moment là, Mouchu hurla quelque chose d'incompréhensible et se précipita pour le retenir, lui accrochant la martingale de son imperméable qui lui resta toute molle dans les mains.

- *Nom de dieu de nom de dieu,* souffla le chef. *Mouchu, c'est quoi çà, faites le revenir, Mouchu, qu'est-ce que c'est?*

Le vieux resta silencieux, accablé, écrasé par la situation. Quel crétin, cet inspecteur!

-*Mouchu, dites moi ce qui s'est passé, où est l'inspecteur Lartiche?*

- *Je crois bien qu'il est passé de l'autre côté, oui je crois bien.*

- *Mais bon sang, où?*

- *Ça mon gars, j'en sais encore trop rien, va falloir aller voir...toi tu restes là, ça sert à rien que tu viennes, tu comprendrais pas...tu me*

gênerais. Allez, j'y vais, m'attendez pas trop, là bas les heures et les jours, c'est pas vraiment comme chez nous, y pas de temps... Agathe, je reviens tantôt, fais donc chauffer un reste, j'aurais la faim en rentrant.
- Fais attention mon homme; j'te garde un râble au chaud. Fais attention.
Mouchu avança vers la glace qui l'avala sans un bruit, glissement furtif entre deux mondes. Le chef hésita un instant; il remonta l'escalier de pierre, ordonna aux deux gendarmes demeurés dans la cuisine de l'attendre en surveillant l'Agathe de près puis redescendit face au miroir qui semblait devenir de plus en plus liquide, comme agité d'une ondulation vivante. Il inspira profondément et fit deux pas en avant...

***

Il avait bien fallu se résoudre à enterrer la Marie malgré la disparition des trois hommes. Il régnait sur le village une atmosphère de mystère propre à enrichir le cafetier de la place et ses cousins, vendeurs de frites, venus s'installer en face de l' estaminet. Aux dires de ceux-ci, ce fut un bel enterrement, avec du monde et des journalistes, un hommage bref et émouvant du curé en mémoire de la Marie, sainte inconnue, maintenant assise à la droite du père. Mais surtout, tous ces gens là avaient grand faim et soif. Vous pensez, un enterrement suite à un assassinat et à une triple disparition!!! Le canton entier s'était déplacé, l'incroyable nouvelle faisant la une des journaux de tout le département. Le Philo, pourtant peu friand de ce genre de manifestation, attendait devant l'église que qu'Agathe vienne le rejoindre; il voulait savoir ce qui s'était réellement passé dans la cave et il espérait que la vieille compagne de Mouchu lui en dirait plus qu'aux enquêteurs et autres journalistes venus la questionner mille fois. La pauvre avait répété qu'ils étaient tous partis de l'autre côté du miroir et que c'était tout, vraiment tout ce qu'elle pouvait dire; son homme n'était pas un assassin ni un voleur de gendarme, c'était un brave homme, un peu original peut-être, mais un brave homme. La vérité c'est qu'il avait touché à des choses interdites, le curé l'avait dit d'ailleurs, et qu'on doit faire attention à tout ça, le malin n'étant jamais bien loin des pauvres gens. Il l'aperçut enfin, suivie de près par quelques curieux à qui le curé expliquait les pièges tendus par Satan pour attirer le pêcheur au sein des enfers. Il levait les bras et parlait fort, seul représentant de la justice divine et fier de l'être. Le Philo attira doucement l'Agathe sous un tilleul de la place:

-Agathe, il faut que tu me dises tout. Mouchu c'est mon ami, je veux l'aider, mais pour ça, il faut que je sache, il faut que j'aille chez toi pour voir, pour comprendre.

La vieille femme semblait perdue, le regard triste, elle ne savait quoi dire en vérité. Elle était simple d'ailleurs la vérité, trop simple peut-être, puisque personne ne la croyait vraiment...

-Viens à la maison ce soir, Philo. Je te raconterai tout ce que je sais, je te le promets. Viens manger avec moi, je serai moins seule et là on parlera. Mais crois-moi, c'est tout bête leur histoire, il faut que toi au moins, tu me crois.

L'Agathe pleurait presque en soufflant ces derniers mots. Le Philo lui fit une grosse bise sur la joue, une sincère, de celles qui vous font chaud au cœur quand dehors il fait froid.

- A ce soir, l'Agathe, et fait moi donc un bon fricot.

A ces mots, la vieille s'illumina, retrouvant d'un coup le sourire et une raison valable de vivre. Oui, il l'aurait son fricot, avec des fèves grosses comme le doigt et le jus bien gras d'une épaule de mouton, elle le mettrait à cuire vers les une heure, comme ça jusqu'au soir, sans ouvrir la cocotte. Un navet ou deux et les indispensables pions d'ail, il serait heureux le Philo, elle en était sûre.

***

Philo passa l'après-midi à méditer tout seul dans sa cuisine. Il essayait de comprendre, ressassant dans sa tête la disparition de Mouchu et des autres, ne trouvant aucune explication plausible à un tel mystère. Désarmé, il soupira longuement et attendit l'heure de partir chez l'Agathe en s'occupant à couper du bois dans sa cour, il était temps d'ailleurs, l'automne frisquet réclamant déjà du chauffage à la maison. La hache affûtée éclatait les morceaux du pommier déjà débité à la tronçonneuse, mais trop gros pour la gueule de la cuisinière. Un bruit mat accompagnait chaque coup, laissant sur le billot de bois aussi vieux que Philo une coupure de plus, saignante de la sève du fruitier. Le tas de bûches équarries grossissait régulièrement, l'homme travaillant sans relâche, et bientôt, Philo rentra jeter un coup d'œil à la pendule. Il était temps. Il se lava rapidement les mains à l'évier et jeta une canadienne sur ses épaules. Ce soir, en rentrant, il ferait froid.

Les pas lourds du paysan sonnaient clairs sur le goudron. Son avancée sous la lune déjà haute procurait à Philo un grand sentiment de puissance et de joie. Il se sentait libre dans ce début de nuit, en accord parfait avec la campagne qui l'entourait. Les ombres des cyprès du cimetière dont il longeait maintenant le mur couvert de lierre, plaquaient sur la route des figures géantes et presque monstrueuses. Un citadin eût pris peur, croyant sans doute sa dernière heure venue, saisi d'une sainte terreur à la vue de ces formes ondulantes et grises. Philo, moqueur, souriait en songeant à tout ça... Cent mètres encore, et il entrevit la lueur des fenêtres de chez l'Agathe. La chaleur du feu de cheminée et l'odeur du fricot, en pénétrant chez la vieille, complétèrent le moment de pur bonheur qu'avait pu être sa marche nocturne.

-*A la bonne heure, Philo!* Assieds-toi donc!

-*Merci, l'Agathe. C'est que çà sent rudement bon, ici!*

Il posa lourdement sa carcasse sur le banc nervuré par les ans, usé de tant de frottements des pantalons humides et glaiseux après une journée de travail. Son assiette fumait déjà sur la table, toute remplie d'une sauce brune appétissante d'où émergeaient çà et là la rondeur d'une fève ou la tranche dorée d'un gras d'agneau. Il laissa fondre une première bouchée, envahi du parfum rude de l'oignon et de la finesse de la sauge, saoulé par la complexité des saveurs, heureux. L'Agathe, du coin de l'oeil, savourait en silence l'aise du Philo. Pour elle, un homme qui mangeait avec tant d'amour, c'était comme la beauté du ciel qui descendait dans sa cuisine...Le philo porta d'un geste lent le verre de vin rouge à ses lèvres et lampa une première gorgée, satisfait d'en savoir d'autres à venir, puis le posa en se calant sur son siège.

- Pour être bon, c'était bon. Y a longtemps que j'ai pas mangé un fricot comme celui-là. Il a de la chance, Mouchu, de t'avoir pour femme.

A l'évocation de son compagnon, la vieille sentit une bouffée de tristesse lui balayer les entrailles.

- Mais t'inquiète pas l'Agathe, on va le retrouver ton homme, ajouta le Philo, sensible à sa détresse. Maintenant, raconte moi, qu'on cause un peu.

Une écriture américaine

Chapitre III

L'arbre pouvait bien avoir dans les douze mètres de circonférence. Une force peu commune se dégageait de son tronc droit qui pointait sans faiblesse vers le ciel. Mais ce qui frappa le plus Mouchu, quand il se releva, ce furent les milliers d'oiseaux qui piaillaient dans la ramure. Il avait roulé sur le sol, sortant d'une sorte de tunnel invisible, projeté vers l'ailleurs avec une vigueur stupéfiante. La terre qu'il avait foulée de ses mains, fine et grasse à la fois, lui laissait sur les doigts des morceaux de feuilles humides. Au pied du chêne, il se sentait petit, mais apaisé. Son étonnement disparaissait pour laisser place à un doux sentiment de sécurité. Là où vivait un arbre comme celui-ci, ça ne pouvait être mauvais. La nature, trop intelligente, n'aurait pu permettre un tel développement sans que l'endroit fût propice à la vie. Il s'avança pour toucher la peau végétale, sans doute millénaire. Ça vibrait. Du profond des racines montait un flux de vie puissant et saccadé. Mouchu pouvait sentir l'incroyable puissance lui traverser le corps, laissant dans ses entrailles une trace de plomb fondu et pourtant bienfaisante. Les larmes lui vinrent aux yeux, émotion magique. Il comprenait sa présence, ici, sur cette terre. Qu'importait la dimension, qu'importaient les réalités, toutes différentes et si semblables. Le haut et le bas ne faisaient qu'un, l'envers et l'endroit, le ciel et la terre. Une joie sans nom l'inondait, entraînant dans son fleuve les rides de l'âge et la fatigue des ans. Il se vivifiait à la source pure, baignant dans ce nouveau matin du monde comme le fœtus au ventre maternel. Rare instant. Un flou bleuté brouillait sa vue, il se sentait léger, impalpable, presque inexistant. Brutalement la pensée de vivre sa mort frôla Mouchu, sans l'atteindre. Il aimait trop la vie pour en accepter si facilement la fin, même si douce... le vieil homme se secoua, palpa ses bras, ses jambes, il vivait. Il se rendit compte qu'il venait d'échapper à un drôle d'engourdissement, il en était sûr à présent, ON avait voulu le faire mourir, l'attirer dans une béatitude si collante qu'il était presque impossible d'en sortir, sauf si l'on avait faim, et il avait faim grand dieu, une faim qui lui tordait les boyaux, une bonne faim bien réelle. Les oiseaux, là haut, avait repris leur concert, semblant oublier cette minute suspendue au temps du bas de l'arbre pendant laquelle un homme avait failli mourir, inondé d'un

bonheur inconcevable. Mouchu les regardait, l'estomac noué par la faim et l'émotion. Il n'arrivait pas à saisir ce qui lui était arrivé mais il était décidé à ouvrir l'œil, tous ses sens en éveil, plus personne ne lui ferait un coup comme celui-là, un râble l'attendait, au chaud sur la cuisinière, un râble et Agathe.
- *Drôle de nom de dieu de foutu pays* grommela-t-il en s'éloignant de l'arbre.
La nature, de ce côté ci n'avait pas dû beaucoup souffrir de l'homme à en croire la taille des végétaux et le nombre de bestioles en tout genre qui s'affairaient dans l'herbe. Mouchu ouvrait de grands yeux: à chacun de ses pas il écrasait des colonies de fourmis grosses comme un ongle, des araignées papales de la taille d'une noix, sans parler des pommes ou des poires aptes à rassasier le plus goinfre des "*vauriens à maraude*", ainsi nommait-on au village les enfants qui chapardaient les pommes et les poires, l'automne après la classe. Il ne priva pas, croquant la chair ferme et juteuse, un brin rosée d'une Doyenne du Comice, exquise et propre à apaiser sa faim. Les arbres étaient propres, taillés, un travail d'amoureux. En toute logique, quelqu'un devait vivre ici, travailler sa terre, s'occuper de ses fruitiers.

Quel genre de bougre, se dit Mouchu. Il lui fallait le rencontrer, s'assurer que partout dans l'univers, les rythmes des saisons étaient les mêmes, que la lumière et l'eau associées à la terre et au travail de l'homme, donnaient toujours le même résultat, la même couleur aux fruits, la même lenteur dans la germination, que partout, le cycle éternel se poursuivait sous la lune et les étoiles, le soleil ou la pluie. Oui, il allait le rencontrer, ce jardinier de l'ailleurs, et le toucher, pour voir. Lui parler peut-être, mais sa langue ? Mouchu connaissait deux ou trois mots d'anglais, guère plus. Bah, il ferait avec, on finirait bien par se comprendre, après tout, un homme c'est un homme. Plongé dans ses réflexions, il ne vit pas tout de suite l'ombre grise qui le survolait, lui cachant la lumière du soleil. C'est en entendant un drôle de "*flap-flap*", sourd et cotonneux qu'il releva la tête, se trouvant nez à nez avec le museau d'un âne, un bel âne avec une trogne sympathique et des yeux d'une douceur profonde.

-*Ah, nom de nom, un âne qui vole ! Crédieu !*

L'âne flottait, en suspension à deux mètres du sol, battant régulièrement l'air de ses deux grandes ailes duveteuses, c'est d'elles que venaient le mystérieux flap-flap... Mouchu

déglutissait avec peine, un âne volant...et pourtant il n'avait rien bu aujourd'hui...quel pays.
-C'est un ânange, ne vous inquiétez-pas, ils sont doux et très rendant service.
Mouchu se retourna, sidéré qu'on lui parle. La voix venait de derrière un buisson d'églantine, à quelques pas de lui.
-Ne craignez-rien, Monsieur Mouchu, je suis un pur esprit, je vous connais bien, vous et vos amis. C'est souvent moi qui vais le soir chauffer votre athanor. Je vous aime bien, Mouchu, votre cœur est bon et vos pensées sont justes. Un jour viendra, très prochain, où vous réussirez la grande transmutation. Mais revenons à nous. Comme je vous le disais, je suis un pur esprit; tel que vous m'entendez, je suis fleur d'aubépine, demain si je le veux, je serai oiseau ou papillon, mais jamais je ne pourrai prendre forme humaine, c'est interdit par la Loi...et cela me rend triste, oui très triste...
Mouchu demeurait coi comme le vieux renard voleur de poules qu'il avait jadis empaillé et qui trônait sur sa cheminée. Surmontant sa stupeur, il s'avança vers le buisson:
-Qui...comment...où suis-je, nom de nom ?
-Vous êtes de l'autre côté...vous le savez bien.

Au fil des ans, chaque soir, vous avez travaillé, cherchant sans relâche une vérité que vous ignorez...toutes vos pensées dirigées dans ce seul but se sont accumulées dans votre cave, elles se sont concentrées sur ce vieux miroir que vous aimez tant, et elles ont fini par ouvrir un passage. Vous pouvez être fier, Mouchu, peu d'hommes ont eu ce privilège, c'est un signe de grande pureté, ON vous a permis de voir de l'autre côté du monde, là où les esprits naissent puis reviennent un jour...enfin, certains, pas tous.

-Mais, alors c'est le paradis, c'est çà ?

-Oh non, le paradis n'existe pas, la preuve, c'est que je ne suis pas heureux, ici. Je voudrais tant être un homme...

-Mais l'âne ? l'arbre et tous ces animaux ? et le jardin ? qui a mis çà ici ?

-Nous, les esprits. Il suffit pour nous de demander à tel ou tel légume d'avoir la gentillesse de pousser et hop, il pousse, c'est son plus grand plaisir.

-Mais qui mange tout çà ?

-Les animaux, les ânanges surtout, ils sont très gourmands.

-Il n'y a donc pas d'hommes ici ? que des plantes et des animaux ?

- Et des esprits...ne nous oubliez-pas. Et oui,

les hommes, ON leur a réservé l'autre côté...
-Qui c'est, ce ON, dont vous parlez ? et vous, avez-vous un nom ?
-Un nom ? hélas non ! les noms sont réservés aux hommes, pas aux esprits. Mais vous pouvez m'appeler Lucien, ça me fera plaisir. Et puis, si vous avez besoin d'un coup de main, il suffira de crier "Lucien" trois fois, et j'arriverai, instantanément.
-Qui est "ON" ?
-Je ne sais pas, Monsieur Mouchu, il ne se nomme pas, il ne se voit pas, peut-être même n'existe-t-il pas. Il faut que je parte, maintenant, à bientôt, sûrement, et n'oubliez-pas, trois fois Lucien...
-Non, attendez, attendez...
Mais rien ne répondit, le buisson frémissait au vent comme tous les buissons du monde. Mouchu s'assit dans l'herbe, un peu secoué par ce qu'il venait de vivre. L'ânange s'était posé, et broutait des chardons qui venaient d'apparaître, tout simplement. Le vieux ne fut même pas étonné, après tout il ne savait pas en combien de temps poussent les chardons...

***

Derrière l'inspecteur Lartiche, le chef de

gendarmerie éructait avec force toute l'eau qu'il avait avalé en atterrissant. Leur sortie du tunnel débouchait au pied d'une petite colline, au beau milieu d'une mare un peu verdâtre. On apercevait au loin la ramure d'un arbre gigantesque qui coiffait la colline d'une sorte de couronne végétale.
-Où sommes-nous ?
La voix angoissée du jeune inspecteur n'attendait pas de réponse, c'était seulement une plainte susurrée, plus à lui-même d'ailleurs qu'à son compagnon. Le chef, pourtant, répondit:
-Je n'en sais fichtre rien, Lartiche. Vous avez vu, dans le tunnel, tout à l'heure, toutes ces couleurs, j'ai eu l'impression de glisser dans un arc en ciel...je ne sais vraiment pas où on est, ni pourquoi on y est. Il faut retrouver le vieux Mouchu, ce citoyen là doit en savoir long, très long. C'est épouvantable, ce qui nous arrive, nous sommes perdus dans un endroit inconnu, nous sommes perdus, oui...
-Allons, chef, reprenez-vous. Nous ne sommes pas blessés, tout juste un peu mouillés. Grimpons là haut, on verra peut-être quelque chose, un village, quelqu'un...
-Vous avez raison, d'abord s'orienter, on décidera après ce qu'il faut faire.

Les deux se mirent en route après s'être débarrassés de leurs vêtements dégoulinants. Ils les avaient tordus du mieux qu'ils pouvaient, essorant le plus d'eau possible et les portaient maintenant sur leurs épaules, dans l'espoir que le soleil finirait de les sécher. Presque nus dans la campagne, ils grimpèrent la pente herbeuse; leur peau blanche se détachait crûment sur le paysage, non, ils n'étaient pas d'ici, et n'avaient rien à y faire. C'est du moins ce que se dirent quelques esprits-souris qui musardaient gaiement sous les fougères. Ces gens là leur passaient dessus sans s'apercevoir qu'autour d'eux, mille yeux curieux les observaient, stupéfaits de l'intrusion bizarre et puante: l'odeur de la vase et de l'après-rasage, en toute bonne foi, çà vous soulevait le cœur, surtout l'après-rasage...
Ils arrivèrent non loin du chêne immense. L'ombre qu'il donnait rafraîchissait les alentours sur au moins cent mètres.
-Incroyable, c'est incroyable. Regardez çà, Lartiche, cet arbre est prodigieux.
-Sûr, pour être prodigieux, il est prodigieux. Quel âge lui donnez-vous, chef?
-Trois cents, quatre cents ans, sûrement plus.
-Je dirais bien mille, oui; vous vous rendez compte de sa taille? Énorme, il est énorme.

Ils approchèrent, fascinés par le géant. Arrivés à une vingtaine de mètres du tronc, ils stoppèrent, bloqués par un mur invisible. Impossible pour eux de continuer. Un esprit-guêpe, ravi, pensa qu'il y avait une justice, quelque part. Ces deux bipèdes humides ne pourraient jamais frôler le rêve de l'arbre, ils resteraient en dehors et c'était bien comme çà. Vrombissant de satisfaction, il voleta vers la cime, tout heureux d'y retrouver son nid de papier. En bas, les deux hommes, déconcertés, avaient fait demi-tour. Quand ils furent assez loin, la masse vibrante des branches et des feuilles sembla se détendre, auréolée d'une lumière verte qui scintillait sur les plumages des milliers d'oiseaux chanteurs. L'arbre reprenait son rêve, tout danger disparu, il intégrait maintenant dans sa mémoire d'écorce la forme et l'odeur de ces deux passagers clandestins pour en faire un jour, peut-être, des purs esprits de la mare.

***

Le sommeil de Philomène, d'habitude si paisible, jouait à saute-mouton: une heure ou deux tranquille et puis un réveil brutal, la vague impression d'un appel lointain. Philo supporta ce rythme pendant trois nuits puis il craqua. Les faits troublants des derniers jours l'empêchaient de goûter au repos; sans cesse, l'image du père Mouchu lui trottait dans la tête, et bizarrement, il associait celui-ci à BB. Barton, son héros imaginaire. Allez savoir pourquoi! Toujours est-il qu'il devait agir, mais quoi faire? Personne ne savait vraiment où étaient passés les trois malheureux disparus. L'Agathe lui avait raconté dans le détail l'arrivée des gendarmes et de l'inspecteur, la visite dans la cave, le miroir... et il ne mettait pas en doute la bonne foi de la vieille. Une histoire à dormir debout justement, et lui, même debout, il ne dormait plus. En désespoir de cause, il se décida à consulter le docteur Beaujean, au chef-lieu, malgré sa méfiance viscérale des médecins. Il alla vers la grange et en ouvrit la grande porte peinte en vert sombre. Il regarda avec une tendresse infinie son antique BSA Goldstar. Le gros monocylindre respirait la santé en dépit de ses vingt ans, et il ronronna au premier coup de kick. Il suffisait juste de prendre son temps pour démarrer, de titiller le carburateur avec suffisamment d'amour et d'essence sur le bout du doigt pour que la musique grave des cinq cents centimètres cubes de la moto résonne dans la grange. Pendant que le moteur amoureusement entretenu chauffait, Philo enfila son barbour huilé, son vieux bol, un "*cromwel*" et ajusta ses lunettes. Il était prêt, la mécanique aussi. Déjà, dans ce rituel immuable de la préparation de l'homme et de la machine, on sentait poindre le plaisir absolu que procurait la balade, l'intime liaison qui existait entre le pilote et sa monture. A chaque passage de vitesse, Philo écoutait les montées en régime, il sentait la course du piston dans la chemise, attentif à conduire en souplesse, sur le couple, l'esprit libre et en même temps entièrement rivé à la conduite. La première courbe approchait, il balança doucement le corps, serrant le réservoir chromé entre ses genoux, insufflant une légère pression sur les flancs de métal. La trajectoire fut nette, précise, il coulait littéralement sur l'asphalte, poussé par la vigueur sans faille du moteur, en équilibre parfait entre la terre et le ciel. Il accéléra, en troisième, et se propulsa vers la sortie du visage, grisé par la voix rauque du monocylindre et l'air froid qui lui crispait les joues. Les quatre kilomètres qui le séparaient du Nouvion furent avalés très vite, trop vite à son goût. Il se remémora les longues virées de printemps avec Lisia, la route qui défilait, les

Une écriture américaine

arrêts dans les sous-bois pour manger un morceaux ou plus souvent, pour s'allonger, nus et brûlants sur l'herbe douce. Il se prenait à penser que sa BSA avait une âme, une âme de métal sûrement, mais qui comprenait avec justesse l'émotion qu'apportait le voyage, la rare sensation de liberté ressentie lorsqu'on roulait, sans d'autres buts que le plaisir de rouler. Il gara la moto devant la maison du docteur Beaujean qu'un petit parc entourait. Il sonna et entra pour s'installer dans la salle d'attente. A cette heure de la journée, peu de clients fréquentaient le cabinet. Philo, seul dans la pièce, prit une revue sur la table en verre fumé; il y apprit les misères d'une princesse, le succès d'un chanteur à la mode, tout çà entre deux recettes de cuisine et les conseils du sexologue de service sur les difficultés de la vie amoureuse. Il lisait pour tuer le temps, un peu triste quand même de constater à quel point l'on pouvait vous raconter n'importe quoi sur n'importe qui, sans autre souci que de faire vendre le plus possible de ces journaux. La porte qui s'ouvrit le ramena au pourquoi de sa visite:
-*Bonjour, docteur.*
-*Tiens, Mr Fourassié ? Comment allez-vous depuis l'autre jour? J'ai appris que Mouchu*

vous avait remis le dos en place. Vous venez pour çà, peut-être? Ses manipulations n'auraient-elles pas marché?
-Non, non, docteur; rassurez-vous, le père Mouchu m'a bien remis. Je viens pour autre chose.
- Ah bon, et bien entrez!
Le docteur Beaujean s'effaça pour laisser passer Philo. Il portait bien sa cinquantaine, très soucieux de son image. Bronzé, grand et fort courtois, on murmurait dans les chaumières qu'il se consacrait beaucoup à son importante clientèle féminine. Cela dit, il était brave homme et même bon médecin, soignant son canton avec gentillesse et simplicité. Un vrai médecin de campagne, connaissant les familles et leur hérédité, traquant les virus avec bon sens plus qu'avec l'arsenal chimique dont il disposait; il n'était pas rare de le voir ordonner du repos et des bouillons pour une grippe plutôt que des antibiotiques. Philo, qui pensait qu'on est malade parce qu'on le veut bien, même inconsciemment, trouvait que les médecins avaient une utilité toute relative, il préférait les décoctions du père Mouchu et son art inné. Pourtant, aujourd'hui, il regardait le docteur Beaujean d'un autre œil; après tout le bougre semblait honnête et surtout il écoutait,

avec bonhomie et tranquillité, tendant l'oreille aux misères de ses semblables avec une volonté sincère de les soulager de leurs maux. Sa longue expérience de la nature humaine et de ses imperfections avait ancré en lui une profonde tolérance, une connaissance attendrie de ces paysans rudes et méfiants dont il avait conquis la confiance, pas à pas, construisant pendant de longues années une relation claire et honnête. Il les connaissait tous aujourd'hui et parvenait même à comprendre la raison qui les poussait à consulter le père Mouchu, son rival dans l'art de guérir; il avait lui-même failli le rencontrer pour un mal de dos sournois, mais son esprit scientifique avait eu le dessus, ou alors, il savait d'instinct que le vieux pouvait soigner, mais comment le reconnaître quand on est un officiel de la faculté...pourtant le vieux l'intriguait, les échos de ses succès thérapeutiques lui parvenaient régulièrement, et en toute bonne foi, il ne pouvait les nier. Après tout, l'essentiel était que les bougres du coin aillent mieux, alors, magie ou science, quelle importance...

Il s'assit à son bureau chargé de dossiers et d'échantillons que lui laissaient les rares visiteurs médicaux s'aventurant en Thièrache.

- *Que se passe-t-il donc, monsieur Fourassié ?*

Dites moi tout!
- Et ben voilà, docteur, je ne dors plus que d'un œil, je me réveille à tout bout de champ, ça ne va guère plus.
- Vous êtes surmené, Mr Fourassié, il faut vous détendre, prendre quelques jours de repos.
- Du repos ? Et la ferme, elle va s'entretenir toute seule au moins ? Non, en vérité, ce qui me tracasse, c'est le père Mouchu, surtout depuis qu'il a disparu; j'arrête pas d'y penser et du coup, ça me revient la nuit.
- C'était votre ami, le père Mouchu ?
- Ah ça, oui. Pas plus brave que lui. Je sais bien que vous ne l'aimez pas, rapport au fait qu'il remet les os, mais je vous assure, y a pas meilleur homme au monde.
- Mais non, Mr Fourassié, ne croyez pas çela. J'apprécie beaucoup les qualités humaines de Mouchu, simplement je suis médecin, et ses potions et autres "passes magnétiques", ça me hérisse un peu, c'est tout.
- Alors docteur, qu'est-ce que vous pouvez faire pour moi ? Mais je vous préviens, je ne veux pas de ces saloperies pour dormir...
- Si je vous disais que moi aussi, de temps en temps, j'utilise des herbes et des plantes pour me soigner, vous me croiriez, Philomène ?

- Ben, oui, pourquoi pas.
- Et bien voilà, vous allez vous faire une tisane tous les soirs. Dedans, vous mettrez tout ce que je vais vous indiquer... soyez sûr que ça marchera...
Et le docteur Beaujean coucha sur le papier une ordonnance qui aurait fait hurler la plupart de ses anciens maîtres. Simplement, il la traça avec amour.

Une écriture américaine

Une écriture américaine

Chapitre IV

Mouchu marcha longtemps dans l'espoir de trouver un abri pour la nuit, mais il ne trouva rien, pas une cabane, pas la moindre bicoque où se reposer. Il avait beau aligner les kilomètres, il ne rencontrait que des bois et d'immenses prairies avec çà et là des touffes de buissons rabougris. Soudain, il s'arrêta, estomaqué par sa découverte: la nuit ne tombait pas! Le ciel restait d'un bleu sans faille, la lumière du jour ne faiblissait pas d'un poil. Découragé, il appela trois fois:
-Lucien, Lucien, Lucien.
Un flottement près de lui l'avertit de l'arrivée de Lucien, sous la forme d'un petit nuage.
- Que puis-je vous Mr Mouchu ?
- Explique moi pourquoi le soir ne tombe pas dans ton fichu pays! C'est que j'ai de la fatigue, moi, il faut bien que je dorme, nom d'un chien!
- La nuit ? Ah oui, la nuit. Non, chez nous, pas besoin de nuit, nous ne connaissons pas la fatigue, la nuit est réservée aux hommes, les chanceux...

- Chanceux, chanceux, c'est vite dit. Comment je vais faire moi ?
- Il suffit de me demander de vous aider à ignorer la fatigue, ainsi vous n'aurez plus besoin de dormir, du moins tant que vous serez ici.
- Plus besoin de dormir? Alors là tu me la coupes, mon Lucien. Et ben, d'accord, fais moi donc partir ma langueur d'à cette heure, oui vas-y, comme çà je pourrais continuer à vadrouiller, histoire de trouver quelqu'un ou quelque chose...
- Fermez les yeux Mr Mouchu, et respirez très fort, voilà c'est çà, et soufflez profondément.
Le vieux s'exécuta et sentit en lui, instantanément, toute trace de lassitude disparaître, le laissant frais et dispos comme après une bonne nuit de repos.
- Bon sang, c'est incroyable, me v'là tout gaillard! Dis donc Lucien, comment tu fais çà ?
- Je le fais, c'est tout, mais ne peux l'expliquer.
- Je pourrais encore te demander quelque chose ?
- Bien sûr, je suis là pour çà. Demandez Mr Mouchu.
-Je voudrais savoir où aller pour rencontrer des hommes comme moi, si jamais il y en a...

- Il y en a Mr Mouchu, mais ceux là sont de passage; à vrai dire, d'ailleurs, ils sont morts.
- Morts ?
- Eh oui, morts et enterrés, comme vous dites chez vous; ici, ils ne font que passer, ils marchent et repensent à leur vie, font le point. Ensuite, ils peuvent choisir de retourner de l'autre côté ou bien continuer de marcher plus longtemps; certains peuvent même demander à devenir de purs esprits, mais ils sont rares.
- A qui demandent-ils ?
- A eux-mêmes, Mr Mouchu, ils sont les seuls maîtres de leur destinée, ici, rien ni personne ne vous oblige à quoi que ce soit.
- Mais moi, je cherche des vivants, des vrais; ce crétin d'inspecteur, il faut que je le ramène. Peux-tu me dire où le trouver ?
- Il est ici, rassurez-vous; mais avant de le retrouver, il faut lui laisser le temps de comprendre certaines choses; après vous le ramènerez; il n'est pas seul, un gendarme l'accompagne; et ces deux là dérangent tout sur leur passage, et puis ils puent, c'est épouvantable!
- Quoi ? Le chef est passé aussi... misère de misère, deux à dégoter maintenant. C'est à se dégoûter d'être là...
- Allons, Mr Mouchu, je vais vous aider.

Quand vous rencontrerez sur votre chemin une rivière, suivez la. A un certain moment, vous trouverez ce que vous cherchez. Allez-y, et bon courage; ayez confiance et le reste suivra...

Lucien disparut, petit nuage absorbé par l'air vif du jour.

- Une rivière, elle est bonne celle là; une rivière; dans quelle direction ...

Un héron plana, porté par des courants invisibles, il glissait vers le Nord, en quête de nourriture. Et les hérons, se dit Mouchu, ça mange du poisson... Il le suivit, croyant déjà entendre le doux clapotis des flots sur la berge.

***

Rentré de sa visite chez le docteur Beaujean, Philo s'attela aux travaux quotidiens de la ferme. Mais l'envie n'y était pas. Il se sentait soucieux, la tête prise par le souvenir de son rêve. Délaissant la pince et le rouleau de fils barbelés destiné à la réparation d'une clôture endommagée par quelques génisses gourmandes, saoulées d'un trop de pommes à cidre, il fila chez lui, guidé par il ne savait quel pressentiment, quelle force sourde. Il sentait seulement qu'il devait aller chez la Marie, qu'une réponse à une partie du mystère des derniers jours s'y trouvait. Arrivé dans son arrière cuisine, il attrapa instinctivement au passage un pied de biche usé par le temps, celui-là datait de son grand-père, un de ces outils qu'on se transmet de génération en génération, solide, lourd, ayant mille fois servi et prêt encore à offrir son appui et sa force à la main de l'homme. Il quitta la ferme pour se diriger à grands pas vers la grande maison de briques isolée à la sortie du village. Il passa la grille ouverte et fit le tour de la bâtisse, sachant que la porte arrière, qui donnait sur la cave, ne résisterait pas au métal de son pied de biche. Philo engagea la tête de l'outil dans l'interstice séparant le mur de la vieille serrure et pesa de tout son poids. Un craquement sec et la porte s'ouvrit, laissant deviner dans la pénombre les premières marches de pierre bleue ; Il descendit lentement, apprivoisant l'obscurité relative que procuraient deux antiques soupiraux grillagés. Posant son pied sur la tomette humide, il s'approcha du chambranle de la porte de chêne qui donnait sur l'habitation et tâtonna quelques instants, trouvant enfin l'interrupteur. La lumière se fit, faible et tremblotante, au bout de l'unique ampoule dépolie. Des casiers de fer supportaient des centaines de bouteilles, cidres et vins, liqueurs et eaux de vie, aux crochets du plafond pendaient des salaisons diverses et sur des étagères vermoulues, on pouvait compter plusieurs dizaines de bocaux de verre remplis de confitures, de haricots verts, de petits pois et quantité d'autres légumes stérilisés.

-Et ben, elle avait des provisions la Marie. De quoi tenir six mois tranquille...et dire qu'on croyait qu'elle mangeait pas, maigre qu'elle était.

Philo se parlait tout haut à lui-même, étonné de l'abondance de victuailles. Sûr qu'on ne la connaissait pas la Marie, une secrète en somme. Il tourna la cliche de porcelaine blanche et pénétra dans un couloir qui menait vers une grande salle. Sur le plancher, la forme d'un corps tracé à la craie indiquait l'endroit fatal où la Marie, passée de mort à trépas, avait été retrouvée par le curé. Philo inspecta toute la pièce, puis il passa dans la cuisine, le salon, tendu d'un velours brun et poussiéreux et enfin une petite pièce adjacente dont les murs, tapissés de photos jaunies, donnaient un aperçu des ancêtres de la Marie. Philo s'imprégnait de l'endroit, cherchant quelque chose qu'il ignorait, songeant avec une pointe d'angoisse qu'on pourrait le prendre pour un cambrioleur si l'on venait à le surprendre... Poussé par la curiosité, il revint vers la salle à manger, scrutant chaque recoin, persuadé de découvrir là une clef de l'énigme. Une heure passa, et le Philo, déçu, s'assit en soupirant. Son imagination, ses rêves lui jouaient des tours bizarres. Qu'était-il venu faire ici ? Il s'étira en arrière, levant les yeux vers la grosse poutre centrale du plafond. Et là, juste au dessus de lui, dans un creux du bois, il aperçut le coin d'un morceau de tissu qui dépassait. Intrigué, il monta sur la table pour l'atteindre. Trop court, pensa-t-il. Saisissant une chaise, il la posa sur le plateau verni et grimpa, fiévreux de découvrir un élément nouveau. Il tendit la main, tâta le bout de tissu et tira, çà résistait, c'était lourd. Il tira plus fort, brutalement déséquilibré et chuta lourdement sur le parquet, n'ayant pas lâché le sac de jute blanche gonflé de pièces dorées. Il comprit tout à cet instant, soulagé de savoir son ami Mouchu innocent de la mort de la vieille. Il éclata de rire, nerveusement, ouvrit le sac, et contempla le trésor de la Marie, des louis et des napoléons étincelants dont le métal jaune captivèrent son regard de longues minutes. Il enfouit sa main dans la manne métallique, soupesa, palpa et tritura, n'ayant jamais eu l'occasion de se retrouver face à une telle fortune. Un instant, l'idée l'effleura d'emporter tout cet or: pouvoir rembourser les traites interminables de sa ferme, la rénover entièrement, racheter quelques vaches et les terres itou,la vie devenant facile, mais l'image de Mouchu lui revint à l'esprit. Ne pas dire sa trouvaille, c'était l'impossibilité pour lui d'innocenter son vieil ami. Car maintenant Philo avait reconstruit le déroulement du drame, la Marie, amoureuse de son or, avait voulu le voir et le sentir sur ses doigts, elle avait dû répéter pour la millième fois le même geste: prendre la chaise, la poser sur la table, grimper pour attraper son magot. Le hasard, sans doute de mauvais poil ce jour là, l'avait jetée à terre, fragile et cassée, morte sans avoir pu contempler une fois encore la passion de sa vie.

- Comme quoi, pensa Philo, l'argent ne fait pas le bonheur...

Il cala le sac sous sa canadienne et regagna sa ferme, soulagé de la retrouver simple et tranquille, sans autre richesse que l'épaisseur des murs de briques et leur mémoire remplie d'amour et de travail.

***

Assis sur la rive à contempler le repas du héron, Mouchu sentit d'abord l'odeur de foin brûlé, aigre et piquante, puis il entendit qu'on toussait discrètement derrière lui, comme pour le prévenir d'une présence, mais sans vouloir le déranger...il se retourna, rencontrant le regard fatigué d'un drôle de type en imperméable, un feutre mou sur le crâne et une cigarette aux lèvres.
« *Du tabac blond,* se dit Mouchu, *m'étonne pas que ça pue ainsi... du foin à poitrinaire tout çà...* »
- *Ben, bonjour, vous faites quoi, ici ?*
L'individu, visiblement embarrassé ne répondit rien.
- *Je m'appelle Mouchu,* ajouta le vieux en se relevant pour tendre une main rugueuse. L'autre rendit le salut, la main molle et moite, presque collante.
- *My name's BB. Barton...*
- *Ah ? ouais, en vlà un qui cause en anglais maintenant. Va falloir que j'en ai souvenance de c'te langue là, moi.*
Mouchu détaillait l'inconnu sans parvenir à deviner de quel bois il était fait. Dans ses yeux profonds on devinait un éclair de malice et une vivacité d'esprit à peine voilée par l'immense lassitude qui semblait l'accabler, mais il ne

laissait transparaître aucune émotion, aucun sentiment.

"Il est vidé ce gars là, c'est tout juste s'il tient debout", se dit Mouchu.

-*What do you need ?* se risqua-t-il, la langue empâtée.

-*Vous êtes très gentil, monsieur, mais je parle très bien le français. A vrai dire, ma mère était française, et j'ai longtemps passé mes vacances sur les côtes bretonnes, quand j'étais enfant. Tout à l'heure, en vous rencontrant, je me suis cru chez moi, en Amérique, c'est pourquoi je vous ai parlé en anglais...mais je crois bien que je suis loin de chez moi, très loin... je crois même que je dois être mort, c'est bizarre cette impression, je ne me souviens que de ce type avec son arme pointée sur moi et puis paf, plus rien; je me suis retrouvé ici; vous êtes le premier homme que je rencontre...*

-*Vous seriez.....mort ?*

-*Je ne vois que çà; c'est très flou dans mon esprit; il me semble bien qu'il ait tiré sur moi, mais je n'ai ni douleur ni trace de sang, rien, c'est une histoire de fou...*

-*Ici, vous allez voir, tout est fou; les buissons vous parlent, les nuages; il n'y a pas de nuit, pas de fatigue.*

-Pas de fatigue ? et pourtant j'ai l'impression que çà fait des années que je n'ai pas dormi, je ne sais même plus quel goût a le repos. D'ailleurs, je ne sais pas si j'ai décidé tout çà... je me souviens de mon enfance, de mon boulot, un sale boulot, mais ne sais pas pourquoi je le faisais, c'est comme si je n'existais pas vraiment...

Mouchu se gratta la tête, perplexe. Ce gars n'allait pas bien du tout, il fallait l'aider. Il appela Lucien trois fois.

La guêpe qui bourdonnait doucement autour de lui se posa presque affectueusement sur son épaule:

-Un problème, Mr Mouchu ?

-Ah, c'est toi, mon Lucien. Te voilà guêpe maintenant?

-Eh oui, je m'amuse comme je peux. Dites moi donc ce qui vous tracasse.

-C'est pour monsieur. Il est fatigué, il ne se souvient pas de grand chose, tu ne pourrais pas lui filer un coup de main ? M' a l'air bien malheureux...

- Hélas non, Mr Mouchu. Je ne peux rien pour votre ami et j'en suis bien contrarié, croyez-moi.

-Tu ne peux rien ? Et pourquoi donc, Lucien. Je pensais que tu pouvais tout faire pour

m'aider ?
-Pour vous Mr Mouchu, et pour tous les hommes, mais votre ami a un problème que je ne peux résoudre, votre ami n'existe pas...
L'inconnu au chapeau mou se laissa tomber sur l'herbe, la tête dans les mains et soupira longuement. Le vieux fit un mouvement vers lui, toute la compassion du monde l'habitait, généreusement offerte pour soulager son désarroi.
-C'est inutile, Mr Mouchu, laissez le, il disparaîtra bientôt, comme il est venu, je vous le répète, il n'existe pas...
-Nom de dieu de nom de de dieu; j'y ai serré la main, je l'ai touché, c'est pas du vent quand même! Alors, dis moi Lucien, s'il existe point, notre homme, c'est quoi ?
-C'est un rêve, ou plutôt, c'est une idée réalisée qui a pris forme humaine un bref instant, j'ai déjà vu çà plusieurs fois. Pour tout vous dire, je crois qu'il n'est que le héros d'un livre écrit par votre ami Philomène.
-Le Philo écrit un livre ? Ah ben çà, pour une surprise...
-Et il y met tout son cœur, toute son âme. C'est suffisant pour donner forme réelle à ses idées, et lui-même ne s'en doute pas. Vous voyez bien qu'on ne peut rien faire; d'ailleurs regardez, il

disparaît déjà.
BB Barton devenait transparent, il s'évaporait petit à petit, comme aspiré par la lumière tranquille du soleil; il ne resta bientôt plus rien de lui.
Essuyant une larme, Mouchu mesura d'un coup l'incroyable aventure qu'il vivait. Tant d'années de vie, tant d'expériences et il avait suffit d'un miroir pour que tout bascule, les certitudes et les doutes, les raisons de vivre et celles de ne pas mourir, tout s'effilochait, lui laissant l'impression de n'être que lambeaux de chair et d'esprit chahutés dans tous les sens par une force qui lui échappait totalement. Un énorme point d'interrogation, voilà ce qu'il était devenu.
-Allons Mr Mouchu, remettez-vous. Tout ça n'est pas grave; pleure-t-on la disparition de ce qui n'existe pas ? Tenez, je vais vous faire une confidence que je tiens d'un pur esprit vieux de dix mille ans, un sage; il me disait l'autre jour que quand on pleure, c'est toujours sur soi-même et qu'à trop pleurer, on n'en voit plus les choses... regardez autour de vous Mr Mouchu, tout cela n'est-il pas magnifique, frémissant de vie, rien ne pourra changer cet état de chose, rien ni personne. La vie est trop forte, trop tenace. Partez, Mr

Mouchu, marchez, respirez, regardez, et retrouvez donc vos deux ouailles; ensuite vous rentrerez chez vous, seul à vous souvenir, car vous le méritez; jusqu'à votre mort, vous garderez en vous cette vision unique de la vie en marche.

Le vieil homme gardait obstinément le silence, s'accrochant avec désespoir à l'image de son Agathe...

-Adieu, Mr Mouchu, c'est ici que nos routes se séparent; vous n'avez plus besoin de moi désormais. Tous mes vœux vous accompagnent. Adieu....

L'insecte s'envola, semblant tracer sur l'invisible une signature que Mouchu comprit définitive. Il se tourna vers l'horizon, choisissant au hasard une direction; quelle qu'elle soit, il savait que c'était la bonne, et commença de marcher, à petits pas lourds et lents, sachant la vie inexorable.

***

Les coquilles de noix, encore toute enduites de leur mastic végétal, coloraient le bout des doigts du Philo d'une teinture presque noire, grasse et luisante. Le dos calé sur la barre de laiton de la cuisinière, il cassait méthodiquement les carapaces de bois pour en extraire les fruits frais qui craquaient sous sa dent, déposant sur la langue une pointe d'amertume, vite oubliée par une gorgée de vin chaud. L'odeur de la cannelle flottait dans la cuisine, se mêlant à celle plus piquante du pommier crépitant dans le foyer. La veille, dès son retour de chez La Marie, Philo avait téléphoné à la gendarmerie pour faire part de ses découvertes. Une demi-heure plus tard, il se retrouvait dans la grande maison avec le nouveau chef par intérim et trois de ses gendarmes. L'hypothèse selon laquelle La Marie serait morte de sa chute fut confirmée par le docteur Beaujean. On put enfin clore l'enquête et les conclusions disculpèrent complètement Mouchu. Le contenu du sac de jute fut remis à Maître Fine, notaire de La Marie qui put enfin procéder à l'ouverture du testament laissé par celle-ci de nombreuses années auparavant. Quelle ne fut pas sa surprise de découvrir que la vieille bigote partageait son héritage en deux parts: l'une, on s'en serait douté, pour le curé et son église, constituée par les pièces d'or et ses économies en banque, l'autre pour Mouchu, à qui elle léguait sa maison et quatre hectares de terre, pour le remercier, écrivait-elle, de ne l'avoir jamais fait payer ses soins pendant près de cinquante ans. Mais si la lumière était faite sur la mort de La Marie, le mystère de la disparition des trois hommes restait entier. Personne ne pouvait dire où ils étaient, voire même s'ils vivaient encore. Le temps passait. Agathe espérait, restant de longues heures dans sa cave, attendant près du miroir le retour de son homme. Chaque jour, elle cuisinait avec tendresse un de ces plats à faire lever un mort, mais en vain. La surface argentée semblait vide, sans le moindre soupçon de mouvement. Philo, quotidiennement, venait embrasser la femme de son ami, l'aidant du mieux qu'il pouvait à supporter l'absence de celui qu'elle aimait. Presque trois mois déjà, et le canton oubliait, embaumant les disparus dans les draps du destin. Noël approchait, on avait mieux à faire que de penser au malheur des autres, même l'enquête administrative « suivait son cours ». Un soir, Philo se décida à terminer son roman; cette histoire de détective miteux l'ennuyait. Il ne prenait plus le même plaisir à écrire, fatigué du mal-être de son héros. Quelques mots plus tard, BB. Barton gisait sur un trottoir, devant le bar de la cinquième, une balle en plein cœur, assassiné par un amant colérique disparu dans la nuit new-yorkaise...Son seul ami pleurait, le serrant de son unique bras. Philo soupira. Devait-il envoyer son histoire à un éditeur, ou plutôt la garder pour lui, chimère graphique dans un tiroir ? Pour l'heure, il rangea le cahier dans le buffet, soulagé d'en avoir fini avec son livre et il se servit une rasade d'eau de vie, puis une seconde. A la troisième, le corps en feu, il revit les bons moments passés avec Mouchu, les longues promenades dans les bois, le nez au ras du sol, guettant le moindre champignon, morillons du printemps ou cèpes d'automne, les parties de pêche à l'écrevisse dont l'Agathe vous tirait des plats miraculeux. Ses larmes coulèrent, sincères et drues au quatrième "*cul-sec*". Mais où était-il ? Comment le ramener de si loin. La réponse, fulgurante, le frappa quand il s'écroula sur sa chaise. Souriant, soudainement heureux, il rota puissamment et s'endormit.

***

En file indienne, les corps avançaient, tête basse, vers un petit monticule de terre qui ressemblait vaguement à une taupinière. Chacun s'arrêtait alors un instant, et repartait,

tête haute, vers la colline où trônait le chêne. Lartiche, intrigué, s'adressa au chef:
- *A votre avis, chef, que font tous ces ...*
Il s'aperçut alors qu'il ignorait quel nom donner à ces formes humaines blanchâtres qui défilaient devant lui.
- *Ces fantômes ?* répondit le chef. *On peut dire çà, ce sont des fantômes.*
- *Vous y croyez vous aux fantômes ?*
- *C'est pas que j'y crois, mais je les vois. Et ces citoyens là n'ont pas l'air d'être en bonne santé. Qu'est- ce qu'on fait Lartiche ? Je crois bien que je commence à avoir peur, moi...*
- *Ils ne sont visiblement pas méchants...allons voir...*
- *De toute façon, on a rien à perdre. Allons-y.*
Les deux hommes se glissèrent dans le rang, l'un derrière l'autre; les formes s'étaient même arrêtées un instant, le temps de leur permettre de rentrer parmi elles. Le premier, Lartiche distingua sur le sol ce vers quoi les corps blancs se penchaient. Un frisson de dégoût le parcourut. Un ver, un énorme ver jaunâtre dont la peau plissée respirait par saccades irrégulières. Deux globes gris scrutaient avec attention chaque passager du groupe, qui repartait, libéré semble-t-il du poids qu'il portait. Ecoeuré, l'inspecteur voulut fuir,

quitter sa place en entraînant avec lui son compagnon d'infortune, mais las, cloués par une main venue du profond de leurs entrailles, ils avançaient, comme guidés sur des rails impalpables. Terrorisé, Lartiche baissa son regard vers la larve gonflée. Il rencontra alors ses deux yeux gris d'une infinie douceur et sentit toute peur disparaître...un sentiment de plénitude l'emplissait d'une joie qu'il n'avait jamais connue auparavant, écoutant avec ravissement les mots que la chose lui murmurait dans la tête:
- *Tu es là pour t'oublier, pour te remplir, pour t'unifier. Marche vers l'arbre et tu comprendras...*
Le chef, qui suivait, vit Lartiche s'en aller, très léger, le nez au vent, juste avant d'être à son tour aspiré dans le flux apaisant...La longue cohorte des corps ondulait vers la colline. Tout en haut, le tronc immense accueillait chaque forme, l'avalant par une ouverture béante d'où jaillissait une éclatante lumière jaune. Le chef et Lartiche marchaient d'un pas sûr vers cet appel muet, les yeux fixes, rivés à leur but.
-*Arrêtez-vous, nom de dieu, arrêtez-vous !*
Mouchu hurlait à s'en faire éclater les poumons. Il avait suivi la rivière, comme Lucien le lui avait conseillé et son chemin

l'avait ramené au chêne. A sa grande stupeur, il avait constaté que le courant de la rivière remontait la colline, coulant vers l'arbre avec vigueur. Il avait aperçu les deux hommes marchant mécaniquement vers la brèche de l'écorce et c'est d'instinct qu'il avait hurlé. Le chef réagit d'abord, s'ébrouant comme un animal mouillé, très vite il attrapa Lartiche par les épaules et le força à se retourner. Mouchu vint à son aide, entraînant l'inspecteur loin des effets du chêne.

- Eh ben, y-était moins une ! vous avez bien failli passer, ah nom de dieu. Il me l'a fait une fois ce coup là, faut partir, vite, dépêchez-vous !

Mouchu parlait d'une voix essoufflée par l'effort. Le chef le regarda avec un drôle d'air:

- Merci, Mr Mouchu; sans vous, je ne sais pas où on serait.

- Moi non plus, mais tout ce je sais, c'est que c'est pas bon tout çà.

Le jeune inspecteur commençait à sortir de sa torpeur, il semblait éprouvé, presque déçu.

- Ça va, Lartiche ? Vous vous remettez ?

- Oui, chef, çà va. Pourtant, ça devait être bien là bas...

- On n'est pas d'ici, cria Mouchu. On n'est pas d'ici et il faut qu'on retourne chez nous. Chez

nous, compris ?
En haut, l'arbre avait refermé sa porte, toute trace de lumière gommée. Seuls les oiseaux, par milliers, avaient repris leurs chants, image sonore et tranquille.

Une écriture américaine

Chapitre V

Son bâillement embaumait la pomme. La tête lourde, Philo se prépara un café avec les gestes mesurés de celui qui s'éveille d'une nuit profonde, presque abrutissante, tant il avait dormi. Etait-ce la prescription du docteur Beaujean ou l'alcool ? les deux sans doute, quoiqu'on ait rarement vu une tisane vous transformer la mâchoire et la langue en une sorte de bouillie pâteuse et odorante. Pour ce qui est de la tisane, le paysan, pourtant méfiant, l'avait préparée en suivant à la lettre les indications: mélangeant quelques feuilles de tilleul à des ronces séchées, il les avait jetées dans de l'eau bouillante, laissées infuser une bonne heure, puis il avait écrasé quelques feuilles de laitue pour en extraire un lait sirupeux qu'il avait à son tour versé dans la préparation. Une cuillère de miel adoucissait le tout, prêt à boire. La première nuit, il avait bien dormi, la seconde aussi. Ce n'est qu'au soir du troisième jour qu'il avait renforcé la thérapeutique avec l'apport goûteux de son eau de vie de cidre. Le café, fort et chaud, dénoua l'étau de son crâne, lui éclaircissant les idées.

La veille, juste avant de plonger dans sa nuit sans faille, la lumière avait jailli, la réponse éclatante de simplicité: si Mouchu ne rentrait pas, c'est que la porte par laquelle il était sorti s'était refermée sur lui, l'empêchant de rentrer. Il fallait donc rouvrir cette porte. Un petit déjeuner copieux -du pain, du lard et quelques œufs- arrosé du contenu de la cafetière, finit de le remettre sur pieds. Après la traite, il rendrait visite à l'Agathe et sûr, il trouverait le moyen de ramener son homme. Maintenant qu'il savait, il ne restait qu'à faire et foi de Philo, il ferait.

***

-Depuis combien de temps est-on ici? demanda Lartiche.
-Deux jours peut-être, et je commence à avoir vraiment faim. Dire qu'un râble m'attend. Ah, nom de dieu, vivement qu'on rentre.
-Et vous savez comment rentrer, Mr Mouchu ?
Le chef avait parlé presque à voix basse, hésitant à poser sa question, sachant trop bien que personne ici n'avait la clef de leur retour.
-Non, chef, j'ignore comment on va faire, mais Lucien m'a promis que je rentrerai et je le crois. Faut avoir confiance, voilà ce qu'il

disait, mon Lucien. Et j'ai confiance, suffit de vraiment le vouloir et çà marchera.
-Mais enfin, Mouchu, c'est quoi ces sornettes ? Vous allez me faire croire que vous êtes devenu fou, comme cet endroit.
-Oh là, tout doux gendarme. T'étais pas né que je commençais mon œuvre, mon œuvre que t'as dérangée, salie; maintenant, tout ce que tu as à faire, c'est de te taire et d'écouter...
Le chef se renfrogna, furieux de la réponse du vieux et s'éloigna en maugréant. Lartiche s'approcha de Mouchu, une lueur curieuse dans les yeux:
-J'ai décidé de rester, avec les autres, dans l'arbre...
-Mais mon gars, t'es pas d'ici; à rester, tu vas mourir ! Et ta femme qui t'attend, ta vie, ton métier ?
- Ma femme ? on n'était plus très proche, vous savez. C'est le boulot justement qui nous a éloignés l'un de l'autre; à rentrer tard, à partir tôt, on ne se parle plus; en vérité, je ne sais même pas si on s'est vraiment parlé un jour...quant au travail, j'ai vu trop de misère, trop de crimes, j'en ai ma claque...ici, je me reposerai, j'aurai tout le temps de ne plus jamais rien faire. Inutile de me retenir, Mouchu; vous êtes gentil et sincère, mais pour

moi, la vie là bas, c'est fini.
Mouchu regardait avec tristesse ce jeune type d'à peine trente ans et déjà fini. Il comprenait que rien n'entamerait le désir de l'inspecteur; aussi alla-t-il vers lui, avec bonhomie et lui serra-t-il la main avec chaleur.
-Alors adieu, mon gars. C'est toi qui choisis. J'espère que là où tu vas, tu seras plus heureux.
-C'est inouï, cette histoire, c'est impossible! Vous ne pouvez pas rester ici, Lartiche ! Je vous somme de revenir sur votre décision, je vous l'ordonne !
Lartiche souriait, hors d'atteinte des mots du chef. Celui-ci, décontenancé, s'adressa à Mouchu:
-Faites quelque chose, raisonnez le !
-Y-a rien à faire, tes ordres, il s'en fout. Il se fout de tout d'ailleurs. Regarde le comme il est heureux. Chacun doit trouver sa raison d'être, lui il veut ne plus être, laisse le tranquille, il est libre.
-Mais il n'a pas le droit, pas le droit du tout, sa mission est de....
-Ah, assez parlé ! Il a choisi de rester et aucune loi ne pourra l'en empêcher. Ouvre les yeux, gendarme, là où nous sommes, seule compte le désir profond des êtres. Tu parles

comme un terrien, mais ici, est-ce encore la terre ?
La voix de Mouchu avait claqué, fouet d'une vérité simple qui s'imposait maintenant à tous. Le chef, coupé dans son élan, tenta un dernier geste vers Lartiche, le suppliant presque de les suivre, de réfléchir encore. Celui-ci, très doucement, posa la main sur l'épaule du gendarme:
-J'aimerais bien que vous m'accompagniez au chêne, ça me ferait réellement plaisir.
Le chef acquiesça, muet, la gorge serrée. Les trois se mirent en route, Lartiche trottinant devant avec une légèreté joyeuse. Quand la masse de l'arbre se dessina au loin, plantée comme un sceptre sur la colline, ils s'arrêtèrent.
-Allez, on mange un dernier morceau ensemble, ça fera du bien à tout le monde.
En disant cela, Mouchu avait sorti de sa poche quelques fruits qu'il s'était réservés. Les hommes mâchèrent en silence, tirant toute la force possible de ce dernier repas en commun. Ce fut Lartiche qui parla le premier:
-Regardez là bas, il est temps.
Ils virent la longue procession blanche qui serpentait vers la porte végétale. Inondée de lumière, elle accueillait une à une les formes

humaines qui disparaissaient d'un coup, englouties sans bruit et sans fureur. Fascinés par le spectacle, Mouchu et le chef entendirent à peine la voix du jeune inspecteur qui leur lançait un ultime adieu. Ils le suivirent des yeux jusqu'au bout, jusqu'à son entrée dans ce nouveau monde qu'il désirait tant, et le regardèrent pénétrer sans hésitation au cœur de la lumière. Quelques formes, après Lartiche, lui emboîtèrent le pas, puis ce fut tout. L'arbre s'était refermé, digérant ses nouveaux pensionnaires.

***

Au premier coup, la cognée rebondit, n'entamant même pas le verre lisse. Philo rugit, sa force décuplée par la rage et martela dix fois le miroir, toute son énergie tendue vers un unique but, briser la glace qui le séparait de son ami. Épuisé par l'effort violent, il se recula, atterré par la solidité du verre. Son insistance et sa volonté restaient vaines devant l'incroyable résistance de la matière, jamais il n'aurait cru cela possible. Il s'assit, réfléchissant à haute voix, interrogeant la Marie, qui se tenait toute frêle et angoissée à ses côtés:

-Quand l'inspecteur est passé, La Marie, y-avait-il quelque chose de spécial dans la cave ?

-Je ne sais pas, mon Philo, j'étais en haut avec les gendarmes. Mais j'ai vu quand mon homme a traversé. C'était comme de l'eau, çà bougeait tout le temps...

-Mais dans la cave, rien d'autre ?

-Il y a que mon homme voulait pas que les autres descendent. Il ne voulait pas qu'ils voient son alchimie, comme il disait.

Philo posa les yeux sur la table, le four ne fumait plus depuis longtemps. Il se leva pour examiner le contenu du pot en terre disposé sur une grille, à mi-hauteur dans le foyer éteint. Un drôle de magma gris, solidifié, remplissait l'ustensile aux trois-quarts. Une idée soudaine lui vint:

-Marie, le feu brûlait quand ils sont passés dans le miroir ?

-Ben oui, tiens, ça fait bien dans les dix ans qu'il brûle sans arrêt, et mon vieux le surveillait sans cesse, il rempotait le bois trois fois la journée.

Philo espéra que son intuition fût la bonne. Dégageant un cageot de dessous la table, il s'empara d'un fagot de bois sec et chargea le

four. Quelques minutes plus tard, des flammes jaunes léchaient le cul du pot qui rosissait à vue d'œil. Une odeur âpre se répandait dans la pièce en même temps que la pâte dure et grise du pot s'amollissait. Bientôt la surface brûlante vira au rouge, d'énormes bouillons venant cogner les rebords de terre. La chaleur monta dans la cave, leur collant sur le front un film luisant.
-Je monte nous chercher à boire, dit La Marie, *sinon on va mourir sur place.*
-Bonne idée, La Marie, et ramène donc un morceau de maroilles et un quignon, ça nous aidera à attendre.
La vieille s'en fut à petit pas, laissant Philo songeur, un œil sur l'athanor, l'autre sur le miroir. Dans la pénombre, il distinguait difficilement le tain du verre. Aussi, il s'approcha, tenaillé par la certitude que quelque chose allait se produire, qu'enfin il progresserait dans sa quête. Il frôlait presque le rectangle argenté, quand un frémissement sur la glace le fit reculer. Le verre prenait vie, tout entier parcouru d'une onde circulaire qui partait du centre pour se développer en une spirale plate et parfaite. Elle gonflait comme une vague lumineuse pour se réduire aussitôt, lente rétractation de vie vers son centre

inconnu. Émerveillé, Philo ressentait cette respiration magique avec autant d'intensité que le jour où il avait compris que la nature elle-même pouvait penser, qu'elle générait des comportements logiques face aux agressions de l'homme et que ses réponses allaient toutes dans le sens de la préservation de la vie. La métamorphose de la plaque de verre en un tissu souple à la texture vivante se ralentit progressivement : le jeu de la spirale s'était estompé pour laisser place à une étendue bleutée, frémissante encore mais presque calme. Philo, ému par tant de sérénité, contemplait la porte vers cet ailleurs inconnu qui avait emporté Mouchu et les deux autres. Il hésitait à franchir le pas, ne sachant pas comment revenir, ni même s'il reviendrait. Qu'y-avait-il derrière ? Si lui aussi disparaissait, qui donc pourrait ramener Mouchu ? Il se dit qu'il fallait prévenir celui-ci que la porte s'était rouverte, qu'on l'attendait de l'autre côté. Il ramassa sa hache, la regardant avec insistance, transmettant à l'outil tout son espoir et prenant son élan, il la jeta avec puissance au travers du rideau vibrant. Elle disparut à toute vitesse, comme happée par un gigantesque aimant. Si par bonheur, Mouchu la retrouvait, il comprendrait. Il comprendrait, et il reviendrait. Il lui suffisait de maintenir le four en vie afin que la porte reste ouverte. Philo décida de venir tous les jours, matin, midi et soir pour surveiller l'état du foyer. Maintenant, il ne doutait plus du retour de Mouchu, ce n'était qu'une question de temps, un jour, dix jours, un an, il l'attendrait et l'accueillerait avec une chope pleine de vin, le sang de l'amitié. La Marie revint, portant sur un plateau d'osier une bouteille de cidre frais et de quoi se rassasier. Elle remarqua de suite le changement dans la pièce et elle sourit à Philo:

-Bois donc un coup, mon gars. Je ne veux pas que mon homme, quand il reviendra, me reproche de t'avoir laisser crever de soif...

Philo but à longs traits, la vieille le regardait, certaine elle aussi du retour de son vieux.

***

La première douleur le prit dans la poitrine, à gauche. Elle remonta jusqu'à la gorge, éclair tranchant, et le laissa à demi évanoui près de la mare où il était arrivé, il ne savait même plus depuis combien de temps. Mouchu s'agenouilla vers le chef en dégrafant son col

et lui tapota la joue avec douceur.
-Oh là, chef, pas de bêtises ! Qu'est-ce qui te prend?
-Aucune idée, mais ça m'a fait très mal, j'ai de la peine à respirer. Bon sang, Mouchu, je ne vais tout de même pas mourir ici, dites Mouchu ?
-Mais non, mais non. Un petit malaise, la fatigue, la contrariété. Ça t' a fichu un coup de voir le petit rester, hein? T'y es pour rien; allez, repose toi, gendarme, çà ira mieux dans quelques heures.
Mouchu lui fit un oreiller de sa veste, aussi confortable que possible. Son compagnon, le visage émacié avait sombré dans le sommeil. Le vieux rebouteux sentait bien que cette histoire de douleur n'était pas bonne, pour lui le chef craquait et si on ne le soignait pas rapidement, son cœur lâcherait. Il se pencha, posant deux doigts sur la carotide: elle pulsait faiblement. Mouchu se gratta la tête, cherchant un moyen de sauver cet homme en train de trépasser. Il se leva pour plonger son mouchoir dans l'eau de la mare et le passa largement sur sa large figure...
-Nom de dieu que ça fait du bien !
Le coton mouillé apaisa un peu ses craintes. La fraîcheur de l'eau le détendait. Il se rassit

près du corps étendu, devinant que le destin du chef lui échappait. En désespoir de cause, il appela trois fois Lucien, timidement, mais rien ne se produisit. Tout seul, pensa Mouchu, je suis tout seul pour aider ce bougre là. Incapable de rester sur place, le vieux se mit à marcher nerveusement, la tête basse, pleine de réflexions, concentré sur une hypothétique solution pour sauver le chef. Tout son corps ressentait le besoin de bouger, il contourna la mare, poussant du pied quelques branchages portés par le vent, les écrasant du talon histoire de calmer la rage qui l'habitait. Le bout carré de son godillot heurta soudain une branche plus grosse que les autres, à moitié cachée dans l'herbe haute. Il faillit tomber, lâchant une bordée de jurons qui résonnèrent en échos loin dans la prairie. Le vieux fouilla de la pointe du pied, cherchant la responsable, une envie de la briser en mille morceaux et de l'éparpiller alentour, il lui apprendrait à ce maudit bout d'arbre à respecter un peu les vieux...il trouva enfin, étonné du poids du bois mort. Posant un genou en terre, il tira vers lui, à deux mains, extirpant du fouillis végétal le manche luisant et usé d'une hache. Son fer étincela au soleil, fichant droit au cœur de Mouchu une vague de bonheur.

-Ah nom de dieu, la cognée du Philo ! On peut rentrer, il me l'a envoyée pour me dire qu'on pouvait rentrer ! On est sauvé. Ah, cré nom de nom, chef, on va rentrer, chef, réveille-toi !

Mouchu, vif comme un chaton d'un mois, sautilla vers le gendarme allongé. L'homme était immobile, tous ses muscles détendus. Mouchu comprit en voyant sa peau translucide qui reflétait au plein jour les prémices de sa fin: il allait mourir, d'ailleurs il ne respirait plus ou presque.

-Eh gendarme, on rentre; allez, fais un effort; j'ai trouvé la cognée du Philo, c'est un message...

Les coups répétés sur la poitrine du chef n'eurent aucun effet, il restait cloué au sol, figure de sel déjà passée dans un autre monde. Encore un autre songea Mouchu.

-Le pauvre gars, y va me manquer. Faut que je le ramène chez nous qu'il soit au moins enterré dans sa terre.

Quand il se pencha pour soulever le corps, Mouchu fut surpris de sa légèreté. Il le posa en travers de l'épaule, la cognée dans la main et marcha vers le chêne, vers le lieu de son arrivée. C'est là, pensait-il, qu'il trouverait le tunnel pour rentrer, mais comment le trouver, çà, il l'ignorait.

Une écriture américaine

Chapitre VI

Elle avait réussi à convaincre son amant d'envoyer son manuscrit à plusieurs éditeurs. D'abord réticent, il avait cédé. Après tout, Lisia le connaissait si bien, elle lisait si profondément en lui qu'il s'était dit qu'elle avait raison. Son livre, disait-elle, ne ressemblait à aucun autre, il aurait du succès, elle en était sûre. Le paysan se moquait bien du succès. Les seules choses qui comptaient pour lui, c'étaient Lisia et sa peau parfumée, sa vie libre dans les prés et Mouchu. Finir enfermé dans une librairie ne l'attirait pas beaucoup, il ne voyait là qu'artifices et tromperies. Il avait dit oui à Lisia car on ne refuse pas à ceux qu'on aime, mais secrètement, il était persuadé qu'aucun éditeur ne s'intéresserait à son histoire. Elle était arrivée deux jours auparavant, à l'improviste, comme toujours, et projetait de rester quelques semaines à la ferme. Philo retrouva ses gestes avec un plaisir infini. Dès qu'elle bougeait, qu'elle marchait dans la maison, une autre lumière éclairait les vieux murs, chacun de ses passages dans la cuisine bousculait l'ancienne harmonie pour en recréer une, plus vivante et plus forte, elle remplissait les vides, fleurissant son univers d'une gaieté profonde. Elle sut de suite les tourments du Philo et le laissa parler longuement, ne l'interrompant que pour lui proposer un café, écoutant avec attention les moindres détails de l'incroyable histoire. Lisia le gorgeait d'une énergie nouvelle, lui insufflant avec douceur une sève d'amour neuve et vibrante. Heure après heure, dans la tranquillité de la ferme, Philo se réparait de toutes ses douleurs, de toutes les émotions néfastes qu'il avait pu accumuler depuis des mois. Son métier à elle l'avait conduite à l'autre bout du monde, au Brésil. De là bas, elle avait ramené un hâle doré qui tranchait d'avec sa pâleur d'antan, mais surtout, elle avait engrangé tant d'images de misère et de sang, qu'elle se rendait compte à présent de la richesse et de la solidité de tout ce qui faisait la vie de Philo. Elle respectait sa simplicité et son attachement aux rythmes quotidiens qui par de petits riens font la grandeur des choses. Elle l'aimait. Sa certitude acquise, loin de lui pendant près de six mois d'absence, la rendait plus belle encore qu'avant, gravant au tréfonds d'elle la nécessité de vivre désormais avec son amant. Lui, attentif à ce changement, la questionna, inquiet. Pour toute réponse, il reçut un baiser. Ce matin là, il crut vraiment voler. Leur bonheur croissait, respirant au fil des jours un air d'or pur. Philo voyait Agathe chaque soir, il s'asseyait avec elle dans la cave, devant la porte, et sans mot dire, restait là une heure ou deux. Il veillait sur le four, patient et obstiné sans douter une seconde du retour de Mouchu.

***

Il déposa délicatement le corps sans vie non loin du chêne et s'épongea le front:
-C'est d'ici que je suis arrivé, je le sens.
A haute voix, Mouchu se précisait les détails qu'il avait pu remarquer lors de sa sortie du tunnel. Mais rien n'attirait spécialement son regard, pas la moindre trace d'une entrée ou d'une ouverture quelconque. La hache était venue, il existait donc sûrement un passage, le tout étant de le découvrir. Un élément manquait pour ouvrir une issue, un élément déterminant, mais lequel ? Le bruit léger que fit le corps en se déplaçant força Mouchu à se retourner: le chef glissait sur la terre, tiré par deux formes blanches, le macabre équipage se rapprochant rapidement de l'arbre.
-Groin de cochon ! où qu'y me l'emmènent?
Il voulut les rattraper mais s'englua soudain

dans la glaise devenue molle et collante, il lui fut bientôt impossible de lever un pied. Bloqué, il ne put qu'assister, impuissant, à l'enlèvement du gendarme.
-*Voleurs de mort, bourreaux, saloperies d'ordures de fantômes ! Vous n'avez pas le droit...*
Ils avaient disparu dans la profondeur du tronc, traversant sans peine l'épaisseur de l'écorce. La gaine de boue qui enserrait le vieux se rétracta souplement, lui rendant toute sa mobilité. Il ne bougea pas, pétrifié. Désormais, il était seul, sans même un mort pour lui tenir compagnie. Un sifflement aigu lui vrilla le crâne puis les mots éclatèrent, sans appel, au fond de sa conscience:
« *Ce que tes yeux ont vu, aucun autre regard humain ne devait le voir. Ce côté ci du monde est interdit aux hommes, quiconque s'y aventure doit y rester. Toi seul, tu pourras repartir mais n'en parle jamais, garde le dans ta mémoire comme un trésor inviolable, au premier mot que tu diras, tu tomberas foudroyé par ma loi. Et souviens toi de tes leçons d'alchimie: tout ce qui est en haut est comme tout ce qui est en bas. Pense à ton reflet. N'oublie jamais.* »
Ecrasé, Mouchu ne réagit pas. La tempête se

calma, le silence se fit en lui. Qui avait parlé ? Il ne le saurait sans doute jamais. Machinalement, il chercha dans sa poche la boîte à tabac métallique que l'Agathe lui avait offert, il y a bien longtemps. Se rouler une cigarette, après tout ce vacarme, ça lui redonnerait le moral. Il ouvrit la boîte et recula la tête, gêné par le reflet éblouissant du soleil sur le métal. A la deuxième pincée de tabac, ses doigts lâchèrent la coupe fine. Il fixait dans ses mains, l'élément manquant, son miroir de fortune, le brillant argenté de l'intérieur du couvercle. Bientôt, il embrasserait Agathe.

***

La lettre arriva un lundi, de Paris, un joli papier vert d'eau : « *votre manuscrit a retenu toute notre attention...* », elle commençait comme çà, et au fil de sa lecture, Philo se demandait ce qui lui arrivait. Ainsi, un éditeur, un parisien en plus, s'intéressait à son roman, il en fut tout ému, pétrissant l'enveloppe avec nervosité. Il n'en parla à Lisia que le midi, la voix serrée par l'émotion.
-*C'est merveilleux, tu te rends compte, Philo, tu vas être publié; tu vois, j'avais raison; il*

faut avoir confiance...
La jeune femme, rayonnante, enlaça le Philo avec une brutalité peine de tendresse, offrant sa bouche à la bouche de l'autre. Ils roulèrent sur la table en éclatant de rire, plein d'un désir de vivre et de s'aimer encore. De ses deux mains posées sur son front, Lisia retint son amant, instant de silence suspendu entre eux deux; elle souffla sur une miette de pain blond accrochée aux cheveux du Philo:
-*Moi aussi, j'ai quelque chose à te dire...*
Elle s'arrêta, soudain sérieuse, pesant les mots qu'elle allait dire avec la gravité du moissonneur palpant l'épi de blé.
-*Je suis enceinte, Philo, notre enfant naîtra pour l'hiver.*

***

Martelée par les rayons du soleil, la boîte à tabac prenait l'aspect d'un bloc de lumière, elle renvoyait ses éclairs dorés dans toutes les directions, chauffant presque le front dégarni du père Mouchu.
-*Cré dieu, c'est que çà éclaire, cette affaire là...*
Il attendait un événement, l'ouverture d'une porte, la création du pont qui le relierait à son

monde. Rien ne venait pourtant et il se désespéra.

-Y manque encore quelque chose pour que çà le fasse. J'ai le miroir et la lumière, mais çà ne marche pas...

« *Tout ce qui est en haut est comme tout ce qui est en bas* »... l'antique formule d'Hermés trois fois très grand, son maître très ancien dans l'art de l'Alchimie, lui trottait dans la tête avec insistance. Il la connaissait cette formule, il l'avait lue et relue mille fois dans ses grimoires, pressentant sa vérité profonde, son immanence éternelle. Il eut froid tout à coup, glacé jusqu'au dedans, et se frotta les épaules. Il eut besoin de chaleur, étonné quand même de grelotter sous un si grand soleil. La chaleur d'un bon feu lui manquait, sa crépitance et ses odeurs...un feu...il lui manquait le feu, source fondamentale d'où l'Alchimiste tire sa substance, ventre du monde et commencement de la terre, tout venait du feu...Avec précipitation, Mouchu ramassa des brindilles, de la mousse et quelques branches. D'abord, il creusa un trou circulaire, face au chêne, en prenant soin d'en lisser les bords. Pour accepter le feu, la terre se devait d'être caressée et amadouée. Le vieux, à genoux, traçait dans le creux brun de le glaise des courbes magiques, frottements subtiles, incantations muettes offertes à sa clémence. Puis, disposant le bois avec précaution, il plaça au-dessous des mousses craquantes et sèches. En se relevant, il déposa la boîte ouverte face au foyer, à trois mètres environ de celui-ci. La flamme du briquet d'amadou craqua, une fumée blanche et âcre s'éleva en volutes torsadées. Alors Mouchu s'aperçut que le ciel si calme d'habitude, virait au violet sombre, compressant les nuages en couches si épaisses que la nuit descendit, recouvrant de son voile les alentours du chêne, plus un bruit. Les oiseaux, figés dans leur stupeur, levaient leur bec au ciel, dans l'attente du soleil. L'obscurité peignait sur ce bout d'univers une toile d'épouvante, seules les flammes du four improvisé perçaient la noirceur du lieu. Quand leur reflet scintilla au fond du couvercle de fer, un tourbillon bleuté balaya la campagne en un souffle dément, ouvrant dans les ténèbres, comme un œil de lumière suspendu, la porte tant espérée. Mouchu marcha vers elle, sans crainte, et d'un seul coup, il disparut.

Une écriture américaine

Une écriture américaine

Chapitre VII

Le docteur beaujean s'interrogeait. Ce que Philo lui avait raconté dépassait son entendement logique, ses convictions cartésiennes. Que Mouchu fasse de petits miracles grâce à ses dons curatifs, il voulait bien l'admettre, considérant avec juste raison que la médecine, art plus que science, réservait à ses utilisateurs des surprises parfois troublantes. Mais que l'on disparaisse sans laisser de traces au travers d'un miroir, cela le laissait perplexe, voire incrédule. Il profita donc de quelques jours de vacances pour se rendre à la bibliothèque nationale où il consulta tout ce qu'il put trouver comme traités d'alchimie et autres magies; il acquit en peu de temps une solide culture ésotérique, sentant bien que la base bétonnée de son savoir, cimentée par ses années d'étude universitaires pendant lesquelles on privilégiait l'ingurgitation plutôt que la réflexion, commençait à se lézarder. Une autre façon de penser existait, la vision du monde ne se résumait pas à un enchaînement des faits et causes, derrière les apparences flottait souvent une vérité qui dépassait la science et qui la dérangeait. Il s'attela à faire la part des choses, triant ce qu'il lisait en deux catégories: le crédible et le fou furieux risible. Le premier tas de documents dépassait largement le second, ce qui l'interloqua. Il affina encore sa recherche, se limitant aux constats médicaux: oui, on pouvait dire que de nombreux cas de maladies ou blessures diverses s'étaient améliorés et même guéris par des pratiques non reconnues par la faculté. Dans toutes les campagnes de France, différents personnages -mages, rebouteux, guérisseurs- soignaient les paysans et leurs familles avec des résultats stupéfiants. Ce qu'il supputait avec Mouchu s'avérait vrai partout: un homme sans bagage médical et sans techniques apprises pouvait soigner ses semblables et partout, il retrouvait les notions d'énergie et d'amour. Enfant d'instituteur, il croyait au progrès social et technique, élevé dans la religion laïque, il souriait à toutes les manifestations, divines ou transcendantes, n'ayant pour seul critère de jugement que la raison; mais sa semaine parisienne l'avait transformé. Aujourd'hui, il doutait, l'esprit ouvert à d'autres réalités. Dans le train du retour, il se promit de rendre visite au vieux rebouteux, s'il reparaissait. Il était convaincu qu'à son contact, il apprendrait beaucoup plus que lors de ses vingt dernières années.

***

Le couloir semblait sans fin, vaste entonnoir aux déclinaisons bleues fluorescentes tapissées d'un entrelacs de fils rouges. Il se forçait à garder les yeux ouverts, clignant des paupières à cause de la vitesse vertigineuse, tournoyant sur lui-même sans rien maîtriser de ses gestes, fétu de paille dans un torrent. Il crut soudain qu'on lui arrachait la peau, tant il eut mal, une impression de dépeçage à vif qui le fit hurler et fermer les yeux. Quand il les rouvrit, l'Agathe le regardait, béate, presque paralysée. Elle parla, pourtant, déglutissant entre les mots son émotion immense:

-Le râble est au chaud, mon homme, et Philo est en haut qui tire un pichet...

Mouchu détaillait sa femme, gourmand de la revoir et de l'aimer encore de longues années. Arrivé à quatre pattes dans la cave, il rigola de sa position grotesque et se releva pour se jeter sur l'Agathe, ah ! la serrer, l'embrasser, la sentir...

-Mon Agathe, nom de dieu, mon Agathe !

Mouchu lâcha des larmes à noyer un marin, submergé d'un bonheur total. Le corps de sa compagne, secoué de sanglots, lui arracha un gémissement: rien ne valait que d'aimer et

d'être aimer. Il pensa à Lucien, pauvre pur esprit dérivant dans l'azur, tout seul, éternellement seul, et le plaignit silencieusement. Par dessus l'épaule de l'Agathe, son regard croisa la mine épanouie du Philo barrée d'un sourire enfantin. Le vin dans une main, l'autre bras serrant la taille de Lisia, il attendait la fin de leurs effusions pour fêter le retour de Mouchu. Celui-ci, la voix rauque, l'apostropha:
-Alors, Philo, tu me le sers ce gorgeon ?
Le vin coula, ruban violet sentant la mûre, soudant dans sa liquidité la joie des quatre cœurs. Mouchu savoura avec lenteur, en silence, imprégnant de velours sa gorge desséchée.
-Une merveille, mon Philo, rends m'en donc une lichette !
Philo s'exécuta, versant une pleine rasade. Le vieux claqua sa langue, satisfait:
-Comment se fait-y que vous soyez là tous ? Vous m'attendiez ?
La vieille ne frémit pas. Elle savait bien qu'il savait qu'elle l'avait attendu...
-Depuis combien de temps ?
-Six mois mon homme, six longs mois...
-Nom de dieu, j'ai l'impression d'être parti y-a trois jours !

-Tout à l'heure, ajouta Philo, le miroir s'est mis à trembler, çà chahutait drôlement là-dedans. Je me suis dit que c'était çà, que tu revenais...je suis content d'avoir eu raison.
-Six mois. Là bas, çà été si court...
Mouchu, pensif, revoyait son voyage dans l'autre monde, ainsi le temps ne passait-il pas comme chez nous ? Il s'en doutait bien un peu, mais à ce point là...
-Dites, Père Mouchu, c'était comment là-bas ?
-La vérité, mon Philo, c'est que je peux rien te dire, je peux rien dire à personne, sous peine de mort...tout ce que je peux dire, c'est que les deux autres sont plus là, y sont morts, et je le regrette bien... ...mais bon, je suis là...c'est bien.
Mouchu englobait la cave d'un œil triste. Il voulut dire quelque chose, mais s'arrêta, dubitatif.
-Quoi donc, Père Mouchu.
-Rien, pas tout de suite. Racontez-moi ce qui s'est passé, en six mois, doit y-avoir des nouvelles.
Ils racontèrent l'enterrement de la Marie, l'enfant attendu par Lisia pour l'hiver et le livre du Philo. Mouchu ne broncha pas, songeant à BB. Barton disparaissant devant

lui...

-C'est bien, ça, le petit pour la Noël ! Ah, crénom, çà se fête, un bonheur pareil.

Et le verre à la main, Mouchu arrosa copieusement la future naissance.

-Faut que je te dise quelque chose, murmura l'Agathe.

-Quelle chose ? Parle, tu m'inquiètes.

-Oh, rien d'inquiétant, continua -t-elle. *La Marie, quand elle morte, nous a légué sa maison et des terres.*

-Ah, la vieille carne ! Ah, la bougresse ! L'était donc pas si mauvaise que ça ! J'en reviens pas, ah nom de nom de bigote !

-Qu'est-ce qu'on va en faire, de sa maison, mon homme ?

Le vieux prit le temps de répondre, l'air soudain grave, comme si ce qu'il allait dire était crucial.

-On va y habiter, l'Agathe.

-Y habiter ? Mais chez nous, la maison ?

-Je vais effacer, je dois effacer. Ici, c'est trop dangereux pour nous tous. Je dois fermer cette saleté de porte vers l'autre côté. Je dois le faire, je n'ai pas le choix...

Il finit sa phrase d'un air sombre, tragique. Personne n'ajouta rien sauf Lisia:

-Et puis, dans votre nouvelle grande maison,

vous aurez la place pour me garder le petit, de temps en temps...
La pupille du vieux scintilla. Malicieux, il s'approcha de Lisia et lui claqua sur la joue un gros baiser humide.

***

La réapparition de Mouchu causa un véritable séisme dans tout le canton, allant même jusqu'à inquiéter la préfecture qui dépêcha un enquêteur. Le vieux le reçut comme les curieux de tout poil et autres journalistes, avec une froideur et un détachement qui les déçurent au plus haut point. On alla jusqu'à penser qu'il était revenu un peu fou, ou pour le moins, bien dérangé. Après l'excitation des premiers jours, le calme revint dans le village, et au bout de quelques semaines, personne ne s'aventura plus chez Mouchu. Celui-ci, enfin tranquille, s'occupa d'emménager sa nouvelle demeure. Tous les meubles de la Marie furent vendus aux brocanteurs du coin, la maison vidée et nettoyée. Avec l'aide de Lisia, l'Agathe agençait son nouvel univers, brossant, cirant et repeignant avec un entrain digne de ses vingt ans. Mouchu, attendri par cette jeunesse qui leur revenait, restait de longs moments à contempler sa femme et soudain, la surprenait, l'embrassant dans le cou avec tendresse. Le jour arriva où ils transportèrent tout le mobilier et le contenu de l'ancienne habitation vers la nouvelle. Outils, linge, bouteilles de vin, livres et bibelots, on transvasa l'accumulation de toute une vie d'un lieu à un autre. La bonne humeur régnait, supportée par force verres et tartines, l'exercice donnant faim et soif. On acheva les derniers transferts le lendemain matin, et pour midi, l'antique bâtisse en briques fut vide, hormis la cave.

-*C'est fini à cette heure, allez manger maintenant. Moi je dois finir.*
Mouchu avait dit ces derniers mots avec une sorte de détermination farouche.
-*On peut t'aider si tu veux*, répondit Philo.
-*Non. Pour ce que j'ai à faire, je dois être seul. Allez, filez chez nous, je serai là dans une heure.*
La réponse était sans appel. Ils se regardèrent en silence puis les trois prirent le chemin de la maison. Tous avaient compris. Quand ils furent assez loin, Mouchu rentra dans la cuisine et descendit à la cave. Là rien n'avait bougé: ses livres, le four, le crâne, la longue

table brune et surtout le miroir, toujours agité d'un tremblement étrange. Il s'imprégna du lieu, emplissant à tout jamais sa mémoire de l'atmosphère chaude de son antre. D'une main ferme, il ouvrit un petit placard qui donnait sur le mur et en sortit un bidon de métal rouge. Il aspergea le sol et la table, prenant soin de ne rien verser sur l'athanor, et s'attarda longuement sur le miroir. L'odeur lourde de l'essence envahissait la pièce, faisant fuir les araignées de leur toiles poussiéreuses. Il gravit la première marche et se retourna, l'œil rougi. Tenant toujours le jerrican, il remonta, laissant derrière lui une traînée liquide. Arrivé dehors, il inspira sourdement. Quand l'allumette craqua, il la jeta sur le ruisseau d'essence. La maison s'embrasa dans l'instant, dévorée du dedans par le feu de l'enfer. Le vieux écouta la plainte du bois de la charpente, l'éclatement des grès sous la chaleur. Une morsure intérieure lui fit saigner sa peine, lorsque dans un dernier sursaut, la maison s'écroula, fumante et noircie. Alors, jugeant sa besogne accomplie, il s'en alla, désespéré mais juste.

***

Une écriture américaine

Les mois, de lune en lune, s'amoncelèrent, arrondissant avec plaisir le ventre de Lisia. Philo suivait avec étonnement les trajets du petit, pirouettant à tout va sous la main de son père, au travers de la peau souple et tendue, il s'amusait à deviner un bras, une jambe ou la tête. Le jeu plaisait à Lisia qui éclatait de rire au bonheur de son homme. Mouchu, la paix au cœur, travaillait de plus en plus avec le docteur Beaujean qui se découvrait un vrai talent de rebouteux et une passion dévorante pour les ragoûts d'Agathe dont il prélevait de larges parts, chaque fois qu'il mangeait avec eux. Le livre était sorti, garnissant l'étal des librairies voisines et même ceux des villes. Philo le relisait souvent, il appréciait de plus en plus son écriture, *une écriture américaine*, comme il disait, et sans trop y croire, surveillait la courbe des ventes, espérant secrètement y trouver un appoint pour la ferme. Il dut se résoudre à l'évidence: il n'était fait ni pour la gloire, ni pour la richesse, à l'image de son héros, constatant sans amertume que la vie lui souriait autrement. Pourtant, un matin, Mouchu arriva chez lui très tôt. Le soleil rasait la campagne, déposant sur l'humidité de l'herbe ses éclairs de lumière. Le vieux rayonnait:

-Viens voir, mon Philo, viens donc voir, c'est un miracle !
Philo terminait à peine son petit déjeuner. Il sentit que la journée qui s'annonçait serait différente.
-Pourquoi tout ce vacarme, père Mouchu?
-Viens avec moi, tu vas comprendre !
Les deux hommes sortirent et grimpèrent dans la 4L couinante du rebouteux. Cinq minutes plus tard, Mouchu s'arrêtait devant les ruines de sa maison.
-Approche, mon Philo, approche et regarde cette merveille !
Dans le tas de gravas enchevêtré de poutres, le vieux pointait du doigt une sorte de pierre dorée.
-C'est de l'or, Philo, de l'or! La grande transmutation a réussie. J'ai trouvé çà à l'aube, je venais sur les ruines, tu comprends, j'avais besoin de venir...c'est la chaleur de l'incendie qui m'a fait çà. Lucien avait raison, brave Lucien, j'ai réalisé mon Alchimie ...
Philo, sidéré, contemplait le bloc de métal jaune, une fortune leur tombait du ciel qui les rendrait riches à vie.
-Faut que je te dise, Philo, j'ai bien réfléchi à tout çà et je crois bien qu'on ne doit pas s'attacher. Tu es le seul à qui j'ai dit ma

découverte, même l'Agathe ne sait pas. J'ai bien réfléchi et je vais m'en débarrasser, on n'en a pas le besoin, trop posséder nous rendrait malheureux...t'en dis quoi, mon Philo?
-*Çà nous aurait bien aidé quand même, père Mouchu. Mais bon, ce que vous dites, c'est la vérité. On en fait quoi alors ?*
-*On va à la rivière, derrière chez toi. Y-a un endroit profond, ça rentrera dans la vase que personne s'en doutera jamais.*
Ils reprirent la guimbarde, et quelques instants plus tard, se retrouvèrent face à l'eau vive.
-*Allez, on compte à trois, mon gars. Et puis on jette.*
-*D'accord, on y a ?*
-*A la une, à la deux, à la trois...*
Le lourd métal virevolta dans l'air et plongea d'un coup, fendant les vagues rapides du courant. En voyant disparaître le trésor, Philo repensa à un proverbe des indiens d'Amérique:
- « *L'homme qui a le bonheur du cœur ne compte pas ses chevaux...* »- et il sourit, enraciné dedans et détaché du monde.

FIN.

Une écriture américaine

Une écriture américaine

Retrouvez les livres du même auteur sur les sites www.bod.fr ou www.ge29.fr les librairies en ligne et bien évidemment sur commande chez votre libraire indépendant préféré.

*Achevé d'imprimer au mois d'août 2013
par Books on Demand GmbH, Norderstedt, Allemagne.*